里見正文

Satomi Masafumi

遥かなる湖南平野

風詠社

目次

第三章　湖南の四季　189

■主な登場人物

藤野善次郎
　　　トヨ（妻・旧姓原山）
　　　美知（長女）
　　　美代（次女）
　　　美園（三女）
　　　奈美（四女）

　　友一郎（善次郎の兄）
　　タ　エ（善次郎の姉）

　　孝一郎（甥・友一郎の長男）
　　　マス（妻）
　　　カネ（長女）
　　　健郎（長男）
　　　バッパ（ハツ・孝一郎の母）

新田　三郎（奈美の夫）
　　　明子（新田と奈美の長女）
　　　政義（同・長男）

小部　衛一（美代の夫）
　　　陽子（小部と美代の長女）

第一章　新天地への夢

この物語は、明治四十年に大志を抱いて朝鮮に渡った一人の男と、その妻娘の植民地での歴史を縦糸とし、悲哀と愛と笑いを緯糸として織りなした庶民の物語である。

*

大志

宍道湖は、時の動きによって色を変える。雨の日、晴れの日、風の日、冬の色と夏の色、それぞれ時の巡りに沿って変ってくる。まるで古代から生き続けて来た未確認の生物のように、表情を瞬時に変える。シベリアから日本海を渡ってくる雪風は、宍道湖を灰色に変える。宍道の町は、この宍道湖の西南端にある。大原郡木次の村は、宍道から南へ約十五キロ入った深い山間にある。今でこそ辺鄙な里であるが、古代では島の根幹といわれた国の中心地で加茂氏の拠点であった。

村の中心地である里方集落から約四キロ東へ入った山方集落を、更に東へ約十五キロも山越えした処に、阿用の集落がある。

幾重にも曲り連なる細道は、雨が降ると表土が流れ、夏の陽照りには砂塵が黄色く舞い立つ。深い谷と入り組んだ険しい山脈の他には、見る物とて無い寂しい村である。山の急斜面に、今にも滑り落ちそうにしがみついている、まばらな人家が杉林の中に見え隠れする。瘦せた畑は山肌に膏薬のようにへばりついて、生気無く褐色に沈んでいて、ただ夕方ともなると烏だけが、空を黒く染めて里から山のねぐらへと群れて戻る。

この村で生れ育った藤野善次郎が、二十八歳にもなって、まだ独身でいたのは、田畑の少ない貧乏農家の次男坊で、経済的に困っていたというような事情のためではなかった。善次郎は尋常小学校を卒業してすぐに、松江の宮大工に弟子入りし、十年の年季明けからだって、もう五年も経っていたから、押しも押されもしない立派な一人前の宮大工であった。だから善次郎は経済的に困っているわけではなく、むしろ日銭の入らない農家に較べて、格段の差のある裕福さであった。それがまだ嫁を貰わないというのは、善次郎には大きな夢があったからである。

明治三十六年春三月、善次郎は、人の勧めるまま、急に隣村の山方集落から嫁を迎える気になった。今までは、周りの者がやいのやいのと云っても断り続けて、あれは女嫌いだ、とまで云われていたので、身内の者は勿論、仕事仲間ですら、どういう風の吹き回しかと噂しあった。

善次郎は、見合をしなかった。仲人口を信用して承諾した。とはいっても、人家の少ない山村のことなので、家の名をあげるだけで、その家族や親戚縁者の事まで、みんな判ってしまう。

原山トヨは、まだ十八歳であった。瓜実顔のぽっちゃりした色白で、見るからにひ弱な感じのする娘であった。それは山の中で、魚貝類を滅多に食べることもなく、いもがゆを梅干しだけで食べる、という片寄った貧しい食事のせいである。

足入れの日、原山トヨは母親と仲人に付添われて、初めて藤野家を訪れた。山村といっても藤野家は北面の武士の流れをくむと伝えられた格式のある家柄である。谷の北側にあって谷に沿って連なる坂道を、十二キロ近くも登りつめてきたトヨは、ワラジで足に擦傷が出来たのはよいとして、少しくたびれているようで富士額にうっすらと汗をかいていた。

藤野家は、この坂道のどんづまりから、深い谷にかかった細い木橋を西へ渡った谷の対岸にあって、地理的には要塞のような場所にあった。谷を越えた道は崖渕を大きく迂回して南側に回り、池の端から坂道を登る高台が藤野家の屋敷である。

屋敷の周りには、山椒の大木が垣根となって繋がり、これは防護林であると同時に、その若葉を食用にするために植えられていた先人の知恵である。母屋の東に納屋が別棟で南北に長く建てられている。その納屋の二階が、次男である善次郎の住まいであった。

母屋は玄関を入ると奥に台所がある。その左手に、大黒柱を中心として田の字形に部屋が四つあった。土間に近い玄関の間は何もない。その奥に床の間つきの応接間がある。玄関の間の裏は居間で応接間の裏は主人の間である。

　応接間で三人のもてなしが終了し、仲人とトヨの母は、

「ろうちきごつっお、だんだん（沢山の御馳走、有難う御座いました）。どげぞ、トヨば、そそしこごしなはい（どうぞ、トヨをいい具合にして下さい）。わしゃ、いのるけん（私は帰ります）」

　といって帰っていった。見送りから戻って善次郎が応接間に入ったとき、トヨは一人正座をして心もとなげにうつむいていたが、善次郎の足音に、少し崩しかけていた足を直して正座しなおした。その様が善次郎には、いじらしく感じられた。

「あのにゃ、おらだんちゃ、向うへくう（行く）で…。きん（来な）さい。」

　善次郎が下駄のような四角い顔を、クシャクシャにほころばせて耳元で声をかけると　トヨは軽く返事をして立上ったが、しびれがきれていたので、少しよろめいた。

「あぁ、まくれんと…（転ばないように）」

　善次郎は、駆寄ってトヨの手を握った。善次郎にしては、十歳も年下のトヨが、自分の嫁になる、にょうぼ（女）というより、歳の離れた妹のように愛しく思えた。トヨは正装したまま、座敷の隅に置いてあった身の回り品の入った風呂敷包を持ちあげて、小柄でガッシリとした善次郎の後におずおずと従った。

その夜、納屋の上の善次郎の部屋で、藁布団にくるまって、怯えたように小さく震えているトヨを抱きしめながら、善次郎はまだ誰にも打明けていなかった秘密を、トヨに眼を輝やかせながら低い声で語った。その秘密とは、日本で今注目の的となっている呉海軍工廠（こうしょう）への就職であった。

明治三十六年四月、雪解けを待って、トヨと結婚した善次郎は、親戚縁者に見送られて二人手を取り合って故郷を発った。そんなことで、嫁入り道具は身の回り品だけであったので、二人は里方に下りてトヨの家に寄り、頼んでおいた馬車で家財を呉まで運ばせた。この里方には出雲大社に出る道、宍道に行く道、松江、三次、仁多へ通る五街道が交叉している。三次への道は今、国道五十四号線として広島へ通じている。百五十キロの道のりは馬車に乗っても六日もかかるので、二人は宍道への道を急いだ。二人は人の眼のないことを幸いに物見遊山のような、はずんだ気持で手をとりあったりして、とりわけ外出したことのなかったトヨは、大変嬉しそうで、時々横に寄って善次郎の顔を見上げていた。

宍道で一晩泊り、ここから船で松江を通って安来へ渡り、安来から大阪商船の下関回り大阪行きの定期便に乗って、三日目に呉市に着いた。

呉市の街は木造船の建造景気で活気があった。呉海軍工廠では列強大国に対抗しうる大型戦艦の建造が進められていた。善次郎の仕事は、この軍艦の艤装工事である。

呉市は明治三十五年に市制を採り、賑やかな街となっていた。善次郎は港の見える丘の上に一軒家を借りて新婚生活を始め、その年の暮もおしつまって、トヨは初産をし、女児を安産した。トヨは、足入れの時に、既に身ごもっていたのである。善次郎はにょばんこ（女児）で少しがっかりしたようであったが、隣に住んでいた英国人の可愛い娘、ミッチェルの名にあやかって、美知と名付けた。

明治三十七年、正月から善次郎は、軍艦の艤装の作業に日夜追われていた。

「おロシアと戦になるそうじゃ」

「まっことか…」

「間違いない。お偉いさんの話じゃった」

仕事の帰りに、仲間同志の噂が噂を生んで、街はその話で熱気を帯びていた。日本は、日清戦争（明治二十七～二十八年）によって中国遼東半島南部の支配地を得たが、三国干渉（同二十八年）によって、それを放棄するに至った。

一方、ロシア帝国は義和団事件（明治三十三年）を機に満洲（中国東北部）を占領して、東清鉄道（後の南満州鉄道）の敷設権を獲得し、大連、旅順を租借していたのみならず、朝鮮支配の野望を抱いていた。

「ロシアが朝鮮にまで進出するのでは、明治大帝が朝鮮を清国から独立させた意味がのうていた。


（無く）なる。断じてロシアを朝鮮に入れてはならん」

「そうだ、そうだ。ロシアの野望を挫かねばなるまい」

その頃、呉には海軍鎮守府があった。従って海軍工廠の職人達も軍人並の意気込みを持っていた。

善次郎は酒を呑まないので、仕事が終ると家に真っ直ぐに帰って来る。そして何より先に美知の寝顔を見に行く。トヨが呼びに来るまで、飽きずに眺めている。背が低く、猪首で肩幅が広く、下駄のように四角な顔は、お世辞にも美男とはいえなかったが、トヨはそんな実直な善次郎を好きになっていた。

「ととさん」

トヨは、大声で呼ばずに、善次郎の側まで来て、小声で呼ぶ。

「ああ…」

職人気質の頑固者ではあるが、善次郎はトヨには素直であった。食事の間に善次郎は、あれこれと職場での話題をトヨに話して聞かせた。満洲問題について、昨年八月から日露交渉が重ねられたが、決裂して戦争になりそうだということを話しても、トヨは聞き返しもせずに相槌をうっているだけである。十歳も離れていると考え方も話題も違うが、善次郎はトヨが相槌を打ってくれることに満足をしていた。

二月に入ると、呉港から軍艦の姿が霞のように消えてしまった。

「いよいよ、決戦らしい。軍艦な黄海に向ったらしい」

そんな噂を裏付けるように、政府は二月六日、ロシアに対して最後通牒を発し、九日、日本軍は大韓帝国の仁川港に停泊していた露国軍艦を奇襲攻撃し、八日夜半には中国旅順要塞外の露国戦艦を水雷攻撃していた。

十日に日本はロシアに対し宣戦を布告し、華々しい戦果は十一日の新聞を飾った。家で新聞を手にした善次郎は、台所にいるトヨに向って大声で呼んだ。

「おーい、おーい。やった、やった。新聞にゃこう出てるぞ。ロシアの軍艦を撃沈したり。十六隻より成る日本の艦隊は、露国軍艦と砲火を交へつつあり…。露艦の中、戦闘艦二隻、巡洋艦一隻は日本の水雷に轟沈させられたるなり…。仁川の海戦広報、露艦コレーツは爆破し、其後ヴァリャーグ及び露国汽船スンガリーも破壊沈没せり。我が艦隊は一の死傷者無く、艦隊も損害無し。軍気大いに奮ふ。とな、ううーん、聞いたかぁ。ううーん、とうとうやった。のう、男児を一ダースこしらえて、海軍の軍人にせなぁ…」

善次郎は興奮気味であった。その夕方、戦勝祝賀会と称して、お酒を飲まない善次郎が珍しく酔って帰って来たので、トヨはびっくりした。

日露戦争は、日本にとっては博打にも似た大戦であった。ロシアの東洋進出を警戒する大英帝国は日本と同盟を結び、これの阻止を期待しており、この大英帝国の後ろ盾があるといっても、工業力では著しく劣る日本は、あたかも大熊に挑む小鼠のようであった。

戦争は長引き、有刺鉄条網、機関銃という想像しなかったロシア軍の武装に進路を阻まれて、陸戦も苦戦し、多大な犠牲を払い、旅順要塞が陥落したのは明治三十七年十二月三十一日の事である。

明けて明治三十八年、旅順を失った露国では、シベリア鉄道の終点であり、ロシア太平洋艦隊の根拠地である、ウラジオストックに対日戦の総力を結集していた。それに対応して日本では、佐世保、呉の軍港に、何時でも出動できるように軍艦が待機していた。

「どうやら、大海戦になりそうだ…」

そういう噂も善次郎の職場に広がった。この頃、旅順港に停泊するロシア軍艦を港外に出さないようにするために、港口に船を沈めて港口を塞ぐ作戦に従事した広瀬中佐が、軍神として崇められ、また「二〇三高地」の激戦の話が日本中に広がり、話題をさらった。そして日を追って呉港の軍艦は何処となく姿を消した。

「佐世保へ廻ったらしい」

「東郷閣下が陣頭指揮に当られるそうだ」

そういう話を聞くにつけ、善次郎は男児を欲しく思っていた。

やがて五月二十七日、善次郎が工場に出かけると、日本海海戦の報が入っていた。皆は緊張した面持で仕事も手がつかず、現場監督が廻ってくると戦況ニュースを聞こうとする。

「心配するな。皇国の興廃、この一戦にあり。大勝利に決っている。さあ仕事だ、仕事だ。一日も早く造るんだっ」

監督は勢よくハッパをかける。気をもませた海戦は三日間にも及び、敵に艦腹を見せるという常軌を逸した東郷平八郎の戦術の前に、ロシア東洋艦隊は全滅した。

「トヨう、トヨう。大勝利だっ、大勝利だっ。ロゼスト・ウェンスキーも捕ったそうだ。東郷閣下はなぁ、こう、敵艦に艦腹を見せて、度肝を抜かれている敵艦めがけて、全砲門を向けて火蓋を切った。百雷一瞬にして敵艦に炸裂したそうな…」

家に帰るなり、善次郎は大声で身重のトヨに、身振り手振りで説明するのであった。

「恐れていたロシアだが、なんたって水兵が奴隷みたいだそうだ。艦長が命令しても、水兵は牛みたいに動くだけだそうだ。その点、我が軍人は、艦長様の意向を忖度して、一心同体で事に当たるから、きわどい危険な作戦も大いに成功するのだ…」

善次郎は、誰かの受け売りを得意気にトヨに言って聞かせて、自分で納得するように首を小震わせた。

この年六月二日に、トヨは次女美代を生んだ。今度こそ男児だ、と首を長くして待っていた善次郎は、がっかりして、畳にしゃがみこんでしまった。

「毎度にょばんこ（女児）ばかしで、堪忍してごしなはい…」

善次郎の気持を察して、トヨは、いじらしくはいじり（屈んで）謝るのであった。そんなトヨに善次郎は、子供は一ダース造るから心配するなと、慰めた。

日露戦争は終り、八月二十九日に講和条約も成立した。その翌日、会社から帰った善次郎は、独りぶつぶつと不機嫌で、トヨはきぼそ（気細）におろおろしていた。

「ように、ちょこさいぼ（全く、馬鹿にしている）。こげな事、堪忍ならん」

善次郎が、何のことで、このように怒っているのか判らないトヨは、赤子を抱いたまま、ただ驚いておどおどしている。

「どげぞ、いけん（悪い）事でも…」

トヨがおそるおそる聞くと、

「どげも、こげも、ことくそにならんそえし等（役に立たぬ偉い人）、まんまとロシアに、かからか（騙）された」

善次郎は、政府がロシアと結んだ講和条約に大憤慨していたのである。

その講和条約の内容というのは、樺太の半分を日本領とする、ただし国境に兵備をしないこと、満洲の東清鉄道は長春以南を日本に譲ること、捕虜の賠償金としてロシアは日本へ一億五千万円払うこと、などであった。

「おい、すぐに講和条約反対大会に出かけてくる…」

善次郎は、着物も着替えずに、頭に日の丸の鉢巻を締めて、興奮した面持ちで出かけて行った。呉は港から世界へ通じている街だけに、市民感情は世界的視野の上に立っていた。それだけに、市民も満洲、朝鮮への関心が高く、それが講和条約を大失敗と見る空気を強くしていたのである。

政府に対する抗議集会は、全国各地でも行われた。親子同胞が五万人も死傷したということが、平和な明治の太平の世で大きなショックであったのである。

戦費として十三億円が費やされ、一億四千三百万円もの増税があった。だから、日露戦争は二、三の閣臣や元老どもの戦争ごっこでは無い、政府は売国奴だ、との批判が高まったのである。

ともあれ、ロシアから東清鉄道南部の利権を継承した日本は、翌三十九年、南満洲鉄道株式会社を設立し、台湾に次ぐ植民地満洲経営の第一歩を記したのである。

この「満鉄」の総延長は千百十一キロに及び、明治四十年の「満鉄」の輸送量は人員百五十一万二千二百三十一名、貨物の輸送は百四十八万トンを超えた。

またこの満鉄沿線にある撫順炭鉱は、良質な無煙炭を無尽蔵に埋蔵しており、後の日本重工業発展に鞍山鉱山と共に大きな力となったのであるから、或意味では民衆は無知であったといえようし、また国際的に見るとき侵略として批判される所以でもある。現代で問題になっている「北方領土四島」は、この背景を見て考えなければならない。

満洲への進出にともなって、日本の富国強兵政策は着実に進み、善次郎は忙しい毎日を過ごしていた。呉港には軍艦の出入りに加えて、商船の出入りも増加し、朝鮮、満洲への関心が、次第に国民の間に高まってきていた。

明治四十年五月初め、工事現場で怪我をして五カ月も入院した善次郎は、柔らかな潮風の吹き込んでくる病院の窓から、瀬戸の海に次々と出入りする艦船を見ているうちに、ふと、海外へ行ってみたくなった。思い立つと居ても立ってもいられなくなって、善次郎はトヨの止めるのも聞かず、退院するや方々を駆けずり廻り、伝を見つけて、新天地朝鮮への渡航を決意したのである。

行く前にトヨを里帰りさせておいて、十月半ばになって、善次郎は家族揃って大韓帝国（朝鮮は清国から独立した明治三十年から国号を大韓帝国と変えた）の商港群山府に渡った。時に善次郎は三十二歳の男盛り、トヨは二十二の美しい盛りであった。

群山府は、東シナ海に臨み、背後には朝鮮の穀倉といわれる湖南（こなん）平野を控えた農作物の集散地である。全羅北道の北西端に当り、明治三十二年に日本政府の要請によって開港されてからは、日本各地の港に群山米を積み出し、日本の工業製品を陸揚げしており、日本人の移住者も多くて、日本人町を形成していた。

ロシアに勝った日本の朝鮮における勢力は日増しに増大し、それに対して大韓帝国は官僚の頽廃と、王室の無気力になす術もなかった。

例えば日本では倒幕運動が活発となって、ついに江戸幕府を壊滅させたが、朝鮮は古い劣悪な身分制度（両班、良民、賤民、奴隷）ががんじがらめに国民を束縛しており、有能な人材がおりながら、発言しても身分が低いと誰にも相手にされなかった。またヤンバンサラミ（文班と武班の両班＝李朝の特権貴族）は、王室は弱い方が自分たち両班の勢力が維持出来たので、改革は望まず、ただ自己保身に明け暮れていたのである。

日本人の移住者が増加するに従って、現地における日本人家屋の建築に人手が必要となり、宮大工の善次郎は群山に招かれたのである。

群山に渡った善次郎は、港の近くに朝鮮家屋を借りた。麦藁葺き屋根の平屋は広島あたりの農家と変らないものである。南側に板張りの縁側があって、板の間をオンドル（床下で火を燃す朝鮮独特の暖房）の間の二間しかなかったが、二間もあるのは大きな方である。ヤンバンサラミ（両班）はともかく、庶民はオンドル一間に一家族が住んでいた。竈はオンドルの焚口にあった。便所は別棟であったのを、善次郎が渡り廊下を造って繋いだ。もともとこの家は、金さん一族八家の住んでいた屋敷内にあった。屋敷といっても、朝鮮には両班を除いて、個人所有地は無いといっても過言ではないのである。

すなわち、一種の原始共産主義で、土地は村の共有制を採っていた。山には村人の入会権があって、各々平等に薪を取ることができた。住まいは縁者が一つの屋敷内に作り、井戸と便所と漬物カメ置き場を共有していた。この屋敷は二百坪ほどあって、カラタチ（唐橘）の生垣で囲まれていて、八家の中、五家は転居して日本人が入っていた。残りの三家は何れも同じ姓の金さんで、「大工」の金さんは三十前後の小柄な男で一番羽振りがよく、本妻の他に二人の妾を一家に住まわせていた。家は広島あたりの農家と似た麦藁葺きの平屋で、八畳ほどのオンドル（床下に束石を並べその上に雲母の平らな石を並べて粘土を塗り固めて床とし、表に油紙を貼ってあり、床下で薪を燃やして床全体を温める暖房施設で、夏はひんやりとしている）の部屋の前に三尺幅の縁側があり、部屋へは縁側から小さな開き戸を開閉して出入りする。部屋の横にオンドルの焚口と竈が並んでいるのが一般的なもので、食事は縁側で摂るのがよく見えた。

三世紀中期の「魏志倭人伝」には、倭人は四、五婦と暮らし、下戸でも二、三婦と記載されているので、そのような古代の暮らしが、ここではまだ続いているのである。

三人の金さんのうち、「左官」の金さんは四十前後の中肉中背、頭はだいぶ禿げあがっており、やはり妾を一人同居させていた。本妻は年上で四十五歳といい、妾は娘より若い十八歳ということである。

港の「荷揚げ人夫」をしている金さんは、三十五、六と思われるが、まだチョンガ（独身）であり、老母と出戻り妹と三人暮らしであった。

善次郎もトヨも、彼らが本妻と妾を八畳ほどのオンドル一つ部屋に同居させていて、夫婦生活はどうしているのか、と興味をそそられるのであった。しかし、彼らの日常生活は外見スムーズにいっているようであった。それは彼らが、そのような風俗に馴れているためである。奇異に感じられること自体が、外国人であるためであろう。

彼らは夜、白く丸く、縁が内側へすぼまっている瀬戸物の「おまる」を部屋の中に持ち込んで便をして、夜明と共に便の入った「おまる」を持ちだし、戸外の便所に捨てる。それが善次郎とトヨには珍しかったが、聞いてみると、虎がいるので夜は外に出られなかったためだということである。例えば加藤清正の虎退治の話は有名である。

もっとも日本でも平安時代に、おまるを使う話が「源氏物語」などに出てくる。その風俗がまだ、朝鮮には残っていた。善次郎にもトヨにも、朝鮮の風俗は何もかも時代遅れの珍しいものばかりであった。

彼らの主食は、丸麦（大麦）である。麦は二毛作で穫れる。木の堅臼に丸麦を入れて、オモニ（母のこと。子供はオンマーと呼ぶ）が搗く。搗いた麦を箕に入れて上下させて殻を吹き飛ばす。この麦搗きは、たいがい夕方であった。夕方オモニが市場に丸麦を一日分だけ買いに行って来て、一日分を臼で搗いている。トヨは初め、大工の金さんのオモニと一緒に市場に行って米などを買った。この市場にはアガ（子供）の乞食が多くいて、「パプ、ジュシオ（食物授為―食べ物ください）。パプ、ジュシオ」

とサバリ（鉢）をもって食乞いをしていた。トヨは可哀想に思って、初めは五厘を与えたが、一人に与えると群れになって乞食が寄ってきたので、びっくりして逃げ出した。

「駄目駄目、きりがないのよ。朝鮮は日本と違うのよ。淫売、すり、かっぱらい、乞食、詐欺は当たり前。お人好しではお尻の毛まで抜かれるよ」

近くにいた買物篭を抱えたおばさんが、トヨに声をかけた。

「朝鮮は李氏に食い潰されたから、国民は飢えているの。だから犬は羞恥心があるけれど、猿とヨボは羞恥心がないといわれているのよ。衣食足りて礼節を知るというでしょう。食うや食わずで生きているから、羞恥心なんて出ないのよ。淫売、すり、かっぱらい、乞食をしても、生きるためだから仕方ないと民は思っているようね。生きるためには恥を考えている心のゆとりがないのよね」

商船会社の社宅に住んでいるというそのおばさんは、トヨにいろいろと話をしてくれた。

善次郎は、毎日仕事に追われていた。初めは請負業者から下請で仕事をしていたが、材木業者の支援を得て、仕事を直接請負うようになって、大工の金さんなど、朝鮮半島の人も使うようになった。

半島人の貧困をよそに、移住してきた日本人の家は、日の出の国勢を誇示するかのように、真っ白な漆喰塗りの立派なものが建並び、日増しに日本人町は拡張して行った。日本人が移住して来れば来るほど、善次郎の仕事は増加し、おかげで明治四十一年の暮れには、小さいながらも自分の家を建てることができた。

家を建てるについて、純日本風にするか、朝鮮式にするか、善次郎とトヨは相談し、オンドルを採り入れた和鮮折衷式にした。オンドルというのは、一部屋の床下が火を燃やすことができるように造るもので、土台石を二ないし三尺おきに並べて、その上に雲母岩を床板状に並べて、上を粘土で塗り固めて床を造る。この下は四方を囲み、焚口と煙突を造り、床上は油紙を貼っている。庶民の朝鮮家屋は、部屋の入口を小さく一つ造る。窓も二尺四方以下の小さな明り採りを一つ造り、この窓は日本の窓と同じように紙を張ってあった。この造り方はオンドルの熱効率がよいが、日本人にとっては、解放的でないのがどうも好みに合わなかった。善次郎も、オンドルは造らないつもりでいたが、便所も凍ってしまうという寒さにびっくりして、造ることにした。善次郎は、オンドルと和室を続き部屋にして、その仕切に日本の襖を入れた。窓は一間幅のガラス戸にした。オンドルは床下で火を燃やしているので床暖房となり、その床に布団をかけて潜り込んで暖をとることができる。又布団を敷いて寝ると身体中が温まり、韓民族が誇れる世界一の暖房といえるものである。夏は床下が粘土であるため、ヒンヤリとして冷房効果もあった。

　善次郎は、自分の家を建てる時に、大工の金さん、左官の金さんにも手伝ってもらった。仕事場に二人の金さんのオモニがたまに顔を見せて、同じ大工でもこんなに違うものかと、うらやましそうに善次郎の家を眺めるのであった。

　トヨにとっては、自分の家が建つということは当然に嬉しい喜びであったが、彼女等に対して、殊更に誇らしげな振舞いをしたわけではなかったが、彼女らにとってはイルボンサラミ（日本人）に対する羨望感が強いようであった。トヨがお茶を運んで行って、ときたま彼女らと逢うと、急にことさら丁寧な挨拶をして、頭をあげるときにチラと投げかける視線が、トヨには鋭く痛く感じられるのであった。女の嫉妬のあの眼差しに似ているとトヨは思った。

　人数の少ない山里で育ったトヨには、そういう他人の鋭い視線が怖かった。女達に比べて、大工と左官の金さんは、二人ともすこぶる愛想がよかった。これは仕事をさせてもらっているという卑屈なおべっかである。この卑屈さは李朝からの伝統的なものである。

　たまにコーヒーを出すと、初めは苦いといって半分しか呑まなかったが、砂糖を少し多めに入れて出すと、珍しさもあって、次にはそれを待っているような素振りすら、トヨには感じられた。

善次郎の家は、日本人町の西の外れにある丘の上にあった。座敷の縁側から絵のような群山の港が一望できた。朝鮮の小さな漁船に混って、日章旗を誇らしげに高く掲げた日本の大きな商船が、続々と出入りしているのがよく見えた。

家の裏には赤松の林が広がっていて、日本人の家と土着民の両班の家とが散らばっていた。善次郎もトヨも、この家に満足していた。

明治四十二年五月、トヨは三女の美園を生んだ。またにょばんこ（女子）であったので、トヨは気にしたが、善次郎は、もう諦めたのか、がっかりもしなかった。日本から異国朝鮮に来てみて、初めて世界の広いことを知り、軍人にするための男子というものを欲しいとは、思わなくなっていたようである。

この頃、全羅北道全州府を発祥地とする、李王朝は長年の恐怖独裁による思い上がりと無能さの極限に達し、腐木のように衰退も著しく目立って、自己統治能力を失い、反乱を恐れ、自己保身のため日本政府へ統治の委任をした。新聞紙法をもって言論を圧え、大韓軍の反逆を恐れて解散させ、日本軍憲兵を駐屯させて警察権を委ねて、先祖の李成桂（イソンガ）が行ったような、国民からの反逆からの保身を図っていた。

日朝修好条規（明治九年）が結ばれ、金融界は日本に頼りきっていた。政治、経済の両面で大韓帝国の国としての独立はすでに喪失していた。それだけに、韓民族の李王朝への反感は高まってきて、その反感は王朝を擁護する日本へ向けられて反日感情となっていた。

群山港には、常に日本の憲兵が巡回して警戒していた。善次郎は呉にいたので、港町の人の血気盛んなことを知っていた。この群山の街もそういう血気盛んな人が住んでいたから、やはり夜などは不気味であった。

この明治四十二年十月二十六日、世界中に衝撃が稲妻のように走った。この日ロシアとの秘密会合に出席するためにロシアに赴くために、満鉄ハルピン駅プラットホームに降り立った伊藤博文公爵が、凶漢安重根によって三発のピストル弾を撃ち込まれ、ロシア人医師の手当を受けたが死亡が確認され、ご遺体は列車で大連へと送られ、軍艦磐手により横須賀へ帰国された。

ロシアの官憲にその場で捕縛された凶悪犯安重根は、日本政府に引き渡されて大連に連行され、翌年死刑に処された。

「こやつ、なんたる畜生だっ。許せん…」

善次郎は握り拳を振り上げて怒りをあらわにした。

この事件は、秘密会合で伊藤公がハルピン駅に降り立つことを、一介の浮浪人のような安重根がどうして知り得たのか歴史の謎とされ、周囲はロシア軍の警備兵が警備していたのに、なぜ安が近づけたのか、という疑問が当時から投げかけられており、様々な文献によると、安はテロリストのような思想家でもなく、単なる薬物中毒者で、ロシアのスパイに、薬物を餌にダミーとして利用されたもので、安の所持した旧式のピストルの弾丸と異なった弾丸が体内から摘出されているとの資料から、反日ロシア軍のスパイによる暗殺とみるのが妥当との見方があり、アメリカのケネディ大統領暗殺の暗部に共通するものがある。

明治四十三年夏、群山の日本人は、寄ると触ると日韓併合の話でもちきりであった。大韓帝国を日本に併合させるというのであるから、そうなればこの異国群山も、日本国群山になることになり、興奮するのも当然である。併合の日には日章旗を掲げようと、早々と内地に日章旗を送ってくれと手紙を出すやら、紺屋に注文を出すやら、大騒ぎであった。

善次郎は日露戦争大勝利を記念して買った大きな日章旗を、行李の底から探し出してトヨにアイロンをかけさせ、自分では山に竹を切りに行って竿を作った。

このような日本人の喜びをよそに、併合に反対する人たちの不穏な動きがあるという噂があって、憲兵の動きが激しくなっていた。

この日韓併合は明治四十三年八月二十二日に行われることになり、その日は何人といえども集会を禁じられた。併合の日、死の街のような静かな群山の街のあちこちに、日章旗がへんぽんと翻っていた。

「わし（私）ゃな、五十になったら出雲にいのろう（帰る）と思っとったが、ここも日本じゃ。出雲へいぬる（帰る）よりゃ、ここの方がええ」

善次郎は、この併合によって、朝鮮に骨を埋める気になったようである。その反面、

「この野蛮国を背負っていくのは大変なことだ」

と心配している。トヨが不審に思って、珍しく聞いた。

「どげしたね…」

「わかるだろうが、この辺にいる者は文字が読めないものばかりだ。学校がないからだよ。彼らを日本人として扱うには、学問をさせなくてはならない。それには学校を作らなくてはならない。これだけでも大変な費用がかかることだ」

「ああ、学校ねえ、それを日本が作るのは大変なことだけど…、なかったのかね、ああ、ないものねえ…寺子屋もなかったのかねえ…」

「世間のことを知らせないために、教えなかったんだよ。李成桂は、高麗王家一族を虐殺して朝鮮を作ったので、反逆者が出ないように、徹底した身分制度で身分の上の者に反抗できなくした。だから国民のほとんどが賤民と奴隷だったのだ。それに、秘密が漏れないように、仲間だけわかる暗号文字を作ったので、国民は新しいことがわからなかったんだよ」

「暗号文字ですか、忍者の使ったような…」

「オンモンというやつだよ。日本の忍者が使った文字は、ほら山窩（サンカ）というのが使っていたのを見たことがあるが、形を見ればわかるよ。オンモンは見てわからん」

「大変ねえ、みんな日本の税金でまかなうのですか」

「そういうことになるわけだ。役所も、病院も、道路も造るわけだから…」

トヨは、今さらながら、併合というものの大変な変革の一端を善次郎から知らされた。

日韓併合に関する条約は明治四十三年八月二十九日に公布され、「朝鮮総督府」が京城（現在のソウル）に置かれた。初代総督は寺内正毅である。この日から、中国の属国であった大韓帝国という国は地球上から消滅した。国際法上で、朝鮮人と云われていた民族も国籍は日本人となった。条約の骨子は、韓国皇帝が大韓帝国の一切の統治権を完全かつ永久に日本国皇帝に譲与するというものである。

この年から明治四十五年にかけては、世界的にも大きな変動があった。中国では明治四十四年に辛亥革命が起り、外蒙古は独立し、日本では悪名高い「特高」といわれる「特別高等警察」の制度が発足して、思想弾圧が開始された。

そのような時代の変り目の明治四十四年の、暮れもおしつまった十二月二十日に、トヨはまたもや、にょばんこを生んだ。にょばんこばかり四人も生んで非常に落胆しているトヨに、

善次郎は、
「なあに、腕の良い婿を四人貰えばええじゃないか。あと四人男子を生めばええ」
と笑って見せた。それでも内心では落胆しているような表情がトヨには観て取れた。赤子は小さくて皺くちゃな顔をして、ヒイヒイかすれ声で、よく泣いた。
「また、きびしこべだ（至って小さい）なぁ。がっしょがけ（一所懸命に）すわぶれ（吸え）」

善次郎は、赤子の身体が小さいことが心配であった。この四女、奈美を産んだトヨは、産後の肥立が思わしくなかった。てご（手伝い）を探していると、善次郎が家を作ってやった近所の床屋のおかみさんが、子供もいないから、といって長女、美知、二女、美代の面倒を見てくれることになった。

トヨは寝たり起きたりの半年であった。それが、どうも肺病らしいと気のついた善次郎は非常に驚き、トヨには内証で内地から薬を取り寄せて、精のつく薬だと云って飲ませた。カンチ（カササギ）の黒焼がよい、という話を聞いて、猟師にカンチを二十羽も捕らせて、焼いて干し、石臼を買ってきて粉にしてトヨに飲ませた。

このカンチはカラス科の鳥で、日本では秀吉の朝鮮攻略の時に移入したといわれているものが福岡、佐賀、長崎、山口に生息していて、現在天然記念物に指定されているが、朝鮮ではカラスよりも多く、人家近くのポプラやクヌギの木に巣を作る一般的な鳥である。このカンチの黒焼きが肺病に利くというのは、動物タンパク質をあまり食べなかった当時としては、その動物タンパク質やカルシウムを食べることが栄養を摂ることであって一理あることであった。特にカルシウムは白血球を活性化して抗菌性を高めることが知られている。

善次郎の熱心な看病と、カンチの黒焼の薬効があったのか、トヨは元気を取戻して初夏には床上げができて、善次郎をホッとさせた。

しかし、小康を得ていたトヨは、秋風と共に再び床に伏し、善次郎の希いも虚しく大正元年冬十一月、トヨは遂に群山で不帰の客となった。

末子の奈美十一カ月、美園三歳、美代六歳、美知八歳、この幼い四人の娘を抱えて、善次郎は悲嘆に暮れた。朝鮮に骨を埋めようと決心していたことも、トヨ亡き今となっては、もうどうでもよいという捨て鉢な気持になっていた。

初七日も過ぎても善次郎は、土人形のように一日中、白木の骨箱の前に座り込んでいた。乳呑子の奈美は、床屋のおかみさんが、近くの酒屋の若奥さんから貰い乳をさせてくれていた。美知は、在韓日本人組合立尋常小学校に通っていたが、学校から帰ると健気にも妹達の面倒を見たり、買物等にも出かける。そんな姿を善次郎はぼんやりと見ている。遠くから子供等の遊ぶ声が聞こえてくる。

旅順　開城　役成りて、敵の将軍　ステッセル…

そんな歌声を聞きながら、善次郎は生前トヨが美知や美代に教えていた、おじゃみ（お手玉）などを思い出していた。夕方になって、やっと善次郎は縁側に出た。すすり泣くような木枯風の音が、赤松の梢をかすめて港へと遠ざかる。風に泣いているような、またたく船の明りを暫く眺めていた善次郎は、やっと気を取り直して長女の美知を呼んだ。

何時までも赤子を他人に預けてもおれないし、四人の幼子を抱えていては何をすることもできない。ともかく善次郎は十年帰っていない出雲に帰る決心をしたのである。

帰る時になって、六歳の美代は、あれこれと手伝いにきてくれていた床屋のおかみさんにすっかりなついてしまっていて、しかも、おかみさんは自分に子がなくて、この子をもらいたいなどといって可愛がっていたため、どうしても善次郎の所に帰らないとダダをこねる。

「一人で四人を連れても帰れないでしょう。置いて行きなさい。何日でも何年でも預かってあげますから」

床屋のおかみさんにそう云われて、善次郎もその気になった。十二月早々に善次郎は美園を背負い、奈美を腕に抱き、美知には新仏を抱かせて、十年ぶりに出雲に悲しい郷帰りをしたのである。

群山から下関を経て、安来まで小さな連絡船に揺られて五日間、美知は船酔して青い顔をして寝転がり、善次郎は奈美を抱いて壁にもたれてうずくまっていた。奈美は母乳が悪かったせいか、顔までクシャクシャにしなびていた。水筒に入れてきた牛乳を時々飲ませるが、善次郎は奈美が死んではいやしないかと、幾度となく奈美の鼻に耳をあてて呼吸を確かめていた。

　懐かしい故郷の山河は、ただ白く冷たい雪に埋もれていた。細い道も、家の数も、絵に描いてそのまま放置していたように、十年前と少しも変っていなかった。それが懐かしくもあったが、善次郎にとっては、既に足の置場のない過去の村であった。

　善次郎の実家に着く早々に親族会議が開かれて、善次郎の子供等に対する善後策が協議された。その結果、長女の美知は、母親トヨの実家で引き取ってもらい、三女の美園は隣村の渡辺家に嫁してまだ子供のいなかった、善次郎の姉タエが養女にすることになった。

　まだ十一ヶ月であった奈美は、ちょうど乳飲み子のあった、当主孝一郎の嫁マスが育てることになった。孝一郎は善次郎の亡兄友一郎の長男で二十五歳、マスは二十三歳、その長女カネ三歳、長男健郎一歳。奈美にとって孝一郎は従兄にあたった。

　これが決定すると、群山に一人で残してきた美代を連れて帰るために、善次郎はすぐに群山に戻った。しかし、善次郎は再び故郷出雲には戻ってこなかった。それは、相変らぬ故郷の貧困と、あまりにも文化の遅れている山村に失望したからである。

それに対して、日韓併合成った朝鮮地方は、旧殻から脱皮するために大きな胎動をみせて、日本による投資で近代的な街造りが急速に進み、善次郎の建築家としての心を魅了していた。

いもがゆ

早いもので、奈美は病気一つもせずに八歳になった。大正七年四月、奈美は村の尋常小学校へ入学した。奈美は背の低い、ズングリとした子であった。コロコロと肥えて、丸い大きな瞳は、少しおどけた感じを人に与えた。入学早々に、豆ッチョコというあだ名が付けられたのも、そんなところから来ていた。他人の手で育てられたけれども、赤子の時からであったので、養母のマスの事をカッカと呼んでいた。マスの実子のカネ、健郎、二郎ともオトデ（兄弟）のようにしており、ひねくれたところは少しも無かった。むしろ、おっちょこちょいで、ちょごまごする子であった。

学校に入学すると同時に、お金がかかるのだから、少しはテゴ（手伝い）をしなければならないぞと、養父の孝一郎に云われて、奈美は学校から帰ってくると、二歳になる二郎の子守をさせられ、納屋で藁袴を取るのが日課となった。この藁袴は洋紙の原料として孝一郎が宍道の町に売りに行っていた。

群山の善次郎からは、ここ半年ばかり便りも途切れて、奈美の養育料も途絶えていた。「われのおっとさんな、ろくでなしだ。われをわし（私）に預け、それべくそーろーに（それなりになる）、ふとって（成長して）てごする（手伝う）で、ええ思うちょるかわからんが、ろくさんぼ（ろくに）ことくそならん（役に立たない）。だしもん（出費）なかさむし」

孝一郎は神経質そうな三角の顔をとがらせて、奈美の前でそのようなことを平気で云うようになっていた。奈美は、父と孝一郎との間でどの様になっているのか判らないので、トトと呼んでいた孝一郎の態度が、最近急に変化したことで、ただ怖えていた。奈美には孝一郎が、何故自分だけを責めるのか判らず、ただ恨めしく悲しかった。孝一郎と顔を合わせるのが怖くて、なるべく孝一郎の目につかないように気をつけるようになっていた。そのおどおどとした態度が、また孝一郎には気に障ったようであった。

田植も終り、畑仕事も一段落したある日の夕食後、孝一郎は囲炉裏の側で縄ないを始めていた。奈美はバッパと呼んでいた孝一郎の母ハツの糸繰りを手伝っていた。九時を過ぎると奈美はもう眠たくてならない。糸車を回しながらコックリコックリと舟を漕ぐ。すると孝一郎が近くにあった薪で不意に奈美の尻をしこたま打った。驚いて目を覚ました奈美はキョロキョロと辺りを見回し、孝一郎の姿を認めて、慌てて糸繰りを始めた。孝一郎は知らん顔して縄をなっている。その孝一郎も十一時になると寝間へ引きあげて、そこにはバッパと奈美

の二人だけになる。すると奈美は一気に気がゆるんで座ったまま眠ってしまう。細身のバッパが細い手を伸ばして揺り起して、

「ほら、ほら、ねろねろ」

と云う。一日中でこの言葉ほど奈美にとって嬉しいものはなかった。

学校は四キロも離れていたので、弁当を持って通っていた。その弁当のおかずは、毎日毎日、きまって梅干と漬菜である。男女七歳にして席を同じうせず、といわれていたが、人数の少ない山村の小学校では、一年生から三年生までが同じクラスで男女共学である。梅干ばかり持ってくる奈美の弁当を覗いて、三年の悪ガキが寄ってきて、

「うあぃ、今日もオメチョの実かよ」

と、はやしたてる。奈美は恥ずかしくて蓋で弁当を覆うようにして食べるか、時には食べずに帰ることもあった。二年生の健郎の弁当を奈美が覗いてみたことがあったが、大根やごぼうの煮締めが入っていることがあった。

「ぬしゃ、よその子だ…」

そう云われていた奈美には、それはしょうがないことだ、との諦めがあったが、男の子にからかわれることは、とてもたまらなかった。

学校から帰ってくると、カネや健郎は遊んでいるのに、奈美は納屋で毎日、藁袴をむしっ

ている。近所の子等が楽しそうに遊んでいる声を聞きながら、戸の隙間から羨ましそうに、泥棒猫のような目つきで外を窺う。それでも一日の作業量が少ないとトトに怒られるので、奈美は一生懸命に藁袴をむしるのである。夕食には早く行きたいと思いながらも、少しでも皆より早く行くと、ギロと冷たい表情で睨むトトのその顔が怖くて、奈美は納屋の戸の側で、台所の方の物音に聞き耳を立て、頃合を確かめてから入るのであった。

そんな或日の夕食の時、奈美が雑炊の飯粒をこぼしてしまった。それを見た孝一郎が、いきなりイロリの中の薪を引き抜いて、奈美の膝を強く打った。

「どげしたぁ…」

バッパの方がびっくりして、皺の寄った細面をひきつらせながら、孝一郎をなじるように云った。

「飯粒っ」

孝一郎はぶっきらぼうに険しい目つきをして怒鳴って、顎をしゃくって奈美の方を指した。バッパが見ると、奈美の膝の上にお粥の飯粒が一つこぼれていた。

「そげなことで、しわく（叩く）こともなかろうに」

バッパが奈美をかばうと、それが孝一郎には面白くないようである。すっかり怯えている奈美をギロと睨みつけて、

「奈美、わりゃ、白米が一升どげほどしよるかわかるめい。戦争前にゃ十五銭も出しゃ一升買えた米が、今じゃ四十銭もしとる。でみせ（分家）の兄が、がっしょがけ（一生懸命）働いても月給十七円だ。富山の方じゃ、白米一升が五十銭も六十銭もしとるげな。それをわりゃ、飯粒こぼしても拾おうともしゃせん。三度のおまんまが食えん者も、ろうちき（沢山）居よる。鳥取だって松江だって、米騒動であれほど騒いどる。米騒動でかれこれ一万人も捕まったげな。わしだって、松江にでも米を担いで行きゃ、一儲けするこたァできる。われの食いぶちだけでも売りゃ、健郎におんぞ（着物）の一つもこう（買う）てやれる。それが、わりゃなんだ、飯粒一つ拾おうともしゃせん」

「まあまあ、そげなこと云うて、奈美は知らんかったんだが、ささ、早よう食え。奈美は、えらしじに（いじらしく）てご（手伝い）しとるが…」

バッパがとりなしてくれて、その場はおさまった。孝一郎は、特に奈美に辛くあたっているのではないことを奈美も知っていた。

日露戦争のための大出費は、日本国内経済を混乱させ、都会においては、資本主義経済が急速に進展を示していたが、反面、地方農村にあっては、江戸時代からの旧殻を脱しきれず、寄生的地主制が支配する半封建的農業がおこなわれていたので、その大きなギャップの中で、農村は貧しくあえぎ、物価の騰貴する中で収入源の少ない山村において、善次郎からの仕送りも途絶え、孝一郎が自分の子供に着物一枚も買ってやれないいらだたしさに、醜い人間性を暴露して奈美を責めたとて、嘲笑することはできない。

奈美らは毎日、甘蔗（かんしょ）がゆばかりを食べていた。お昼は弁当なので、奈美にとっては、たとえおかずが毎日毎日梅干一個だけの弁当でも、それが有難く、弁当の時間がとても楽しみであった。朝夕、奈美が二杯目のお代わりをしようとすると、孝一郎は黙ったままで鋭く奈美をにらみつけた。その冷たい眼光に怖えて、奈美は隣のバッパの顔を下からおそるおそる見あげ、茶碗に付着している粥を舌で犬のようにして嘗めるのであった。

「ホラホラ、出せ、出せ」

それを見かねて、バッパが後方から手を回して奈美の茶碗をとって、いもがゆを茶碗に半分ほど入れてやる。そのやりとりを三年生のカネ、同じ歳の健郎も、乳母のマスも黙って無表情のままで、奈美の方を振向いても見なかった。ただ皆が黙々と、薄暗いランプの下で貧しい食物を食べているのである。

秋の収穫前の農家は、蓄えの米も残り少なくなり、日銭が入らないから経済的には非常に苦しい。糸屋に収めるバッパの紡ぐ麻糸も、不景気で大した収入にはならなかった。山地で畑が少ないから、畑作物もジャガイモや甘蔗など、主食になるものを作り、それを食べて少しでも余計に米を売るのが農家の常である。入り組んだ山間の棚田は畔ばかり多くて、小池のような水田が多かった。それも高い山の間の深い谷間にある田なので、日中でも陽のあたる時間が少ないため稲の生育が悪く、平場なら一反当り九俵も穫れるところを、その三割減の五俵あまりしか穫れなかった。だから孝一郎が奈美に辛く当ることも、また必然の成り行きであった。奈美の父親善次郎が、この土地を捨てて呉に出向き、朝鮮に渡ったことも当然なことであった。

奈美は食物に対して野良犬のように飢えた眼を光らせて、ガツガツするようになってきていた。近所の子等やカネ、健郎らが外で楽しそうに遊んでいるのを、納屋の戸の隙間から羨ましそうに覗き見しながら、手だけは休まずに藁袴をむしる。その間に鶏が足で土を掻いて餌を探すようにして、手で藁を掻き分けて、土間にこぼれ落ちている籾粒を拾いあげては、嬉しそうに目を細めて食べるのであった。正月に食べたミカンの皮の片鱗が乾いて、転がっているのを見つけると、涙の出るほどに嬉しかった。それを大事そうに懐に入れておいて、チビリチビリとかじって楽しんだ。魚らしいものをほとんど食べさせてもらえなかった奈美は、学友の男の子達が、学校の帰りに、沢に降りて沢ガニを捕って食べているのを見て、ときどきそれを真似て、生のまま沢ガニを食べてみた。甲ごと食べても、とてもうまいと思った。ところが、「カニを食ってもガニ食うな」、という話を小耳にはさみ、「ガニ」という部分が、内臓のどの部分なのか判らないものでカニを食べることを止めた。

「赤カエルはうまいぞ」
という話を聞きかじって、飛び上るほどに嬉しかったのも、この頃である。カエルなら近くの田にも池にもいくらでもいた。ある日、誰も家にいないのを見計らって、奈美は納屋から抜け出して庭先の池の端に近づいた。近くにあった笹竹で池の隅にいた青カエルをたたきつけて、白い腹を出して水面に浮いたのを、急いで手ずかみにして納屋に戻り、台所から持ち出した包丁でカエルの腹を裂いた。

プスッという鈍い音がして内臓が急に飛び出した。それを見た奈美は、急に後ずさりして、二三回口をもぐもぐやっていたが、生臭くてさすがに食べる気になれなかった。急いで包丁を台所に返してから、奈美はカエルを棒の先に引っかけて裏の林に投げ飛ばした。

或夜、いつものように奈美がバッパの手伝いをしていると、板の間に敷いてあるムシロの下から、黒ずんだ黄色な物がのぞいているのが目にとまった。奈美は直感的にミカンの皮だと思った。そう思うと、もう気はそぞろになる。奈美は目を輝かせてバッパの目を盗むが早いか、それを拾おうとしたが、少し遠すぎて手が届かず失敗してしまった。それでもバッパは目が遠くなっていたので、その小さな片鱗には気がつかず、奈美が居眠りしてよろけたとでも思ったようであった。奈美は幾度も上目遣いでバッパの様子を盗み見ながら、チャンスを得てその黄色い片鱗を拾いあげることに成功した。大事そうにそれを袂の底にしっかりと忍ばせた奈美は、それを寝床に入ってから取り出して、少しずつかじってみた。しかしそれはミカンの皮とは違って変に渋かったので、奈美は思わず吐き出した。翌朝、明るい処でそれをよくよく確かめてみると、いつだったか、二郎が垂れ流した大便が乾いたものであった。

秋の穫入れ時には、奈美もかり出された。崩れやすい秋の天気である。早く片づけないと風で薙ぎ倒される危険性がある。刈り取った稲は束にして、二本の高い木や柱の間に張られた縄に掛けて乾燥させるのであるが、そのはざ木まで稲を運ぶのが奈美に与えられた仕事であった。カネも健郎も手伝っている。猫の手も借りたい農家の秋である。奈美はフウフウ云いながらも一束ずつ背負って運んだ。一束は大人が両手で握れるぐらいの小束を十束寄せ集めたもので、奈美の両手で抱えきれないほどの大きさである。

穫入れの時には、ご飯を炊いて腹いっぱいに食べさせてくれたので、奈美もひもじい思いをしなかった。それで奈美は重くてよろけながらも、歯を食いしばって頑張った。

「奈美は、ようテゴ（手伝い）したな…」

その夜、孝一郎は機嫌がよかった。カネが、くたびれた、といってはよく休んでいたのを孝一郎はちゃんと見ていたのである。奈美は、ろくさんぼ（ろくに）上手を云えない孝一郎が、ボソボソではあるが、自分のことを誉めてくれたことが嬉しくてならなかった。

やがて年の暮れもおしつまったある日、奈美は戸の隙間から入り込む寒気に震えながら藁袴をむしり、あまりのひもじさに堪えかねて、奈美は誰もいないのを見さだめて、そっと台所に忍び込んだ。そして鍋の蓋をとると、手掴みでイモを拾いあげて食べてしまった。水分の無くなっているいもがゆは固くなっていて、イモを取った痕が四角に窪んで残った。その痕を均す知恵も浮かばずに、奈美は急いで納屋に駆け戻った。ひもじい思いをした奈美であるが、今までは盗み食いだけはしたことがなかった。

夜になって、昼間の盗み食いが判ってトトに怒られはしないかと、奈美は外便所へ行ってみたり、納屋に戻ってみたりして皆が夕食を食べ始めても、なかなか家に入らなかった。

「奈美っ、奈美っ…」

家の中から孝一郎の怒鳴る声が聞こえた。奈美は縮こまってチョコチョコと、亀が首を引っ込めたように肩をすぼめて台所へ入っていった。孝一郎と目を合わせないようにして、それでもすぐには膳の前に座ることができずに、おどおどしていると、

「早よう食わんと、片づかんがぁ…」

バッパが声をかけたので、おずおずと奈美は箱膳の前に小さくなって座った。

「鍋ごと食ってええぞ…」

バッパの声に、奈美は思わず小さな胸を締め付けられた。炊事はバッパがしていたから、バッパには奈美の盗み食いが判っているはずである。それを怒りもしないで、孝一郎にも

黙っていてくれた。それどころか最後になった奈美のために、わざわざ鍋の底には四杯分もの粥を残しておいてくれた。奈美は脇目も振らずにガッガッと粥を口の中にかきこんだ。

その夜、バッパが寝るまで奈美は起きていて仕事を手伝った。そうしなくてはいられない気持になって、バッパの肩を叩くのであった。

「不憫な子だ…」

バッパはそう呟いただけで、あとは何も云わなかった。奈美の冷えた小さな手がバッパのしなびた肩に触れる度に、バッパの温かな人の温もりが、奈美の手に感じられた。ほの暗いランプの明りが、シンと静まり返った部屋の中に、二人の影をくっつけて浮かびあがらせていた。

大正八年の正月が来た。奈美は三日ばかり仕事が休めて、近所の子等と気がねなく遊べたことが嬉しかった。しかし暮から降り続いた雪は、奈美の背丈よりも高く積もっていて、羽根つきもできなかった。カネも健郎も一日中こたつにかじりついていた。雪の中を訪う人もない。正月だといっても、奈美は相変らず食べ物は割当られただけである。楽しみにしていたみかんも値が高くて、少し買ったばかりであるので、バッパが自分の分を三房ばかり、奈美に分けてくれただけである。そのミカンを奈美は乳房をしわぶるようにして、いつまでも嘗めていた。カネ達がそれぞれ一個ずつ貰って、おいしそうに食べていても、奈美は自分がよその子だからしょうがない、と諦めていたので、殊更に羨ましいとは感じなかった。

正月二日に親類衆が集った。正月料理は大きなドンブリに山盛りにして、戸棚にしまってあるが、それをドンブリごと座敷に持ち出してきて、客の前の畳の上に並べる。客はマスが箸で摘んでさし出したキンピラごぼうを手の平に受けて、右の指でつまんで口へ運んだ。それを奈美は物欲しそうに囲炉裏の隅から覗いていた。マスは、砂糖を少し入れた、といって自慢そうであった。客は頷きながら、しきりに誉めて食べてから、手の平をベロベロと嘗めていた。

客が帰ってから、マスが奈美にキンピラのゴボウを二本くれた。ニンジンは値が高いので、もったいないと思ったようである。マスは自分でもゴボウを三つ頬張った。そういえば、マスは客にゴボウの多いほうを選るようにして差し出していた。奈美はゴボウを大事そうにしゃぶってから、爪の先で外から皮を薄く剥がすようにして食べた。

大正八年の八月になって、音信不通だった朝鮮の善次郎から実家に手紙が届いた。奈美のこと、他の娘達のことをまず気づかい、孝一郎に対するお礼と、群山から全州へ転居したことがしたためられていた。

善次郎が全州へ移った理由は、大正三年に大田から全州を通る湖南線が開通し、全羅北道の道庁所在地として全州が大きな発展を見せていて、建設ラッシュに沸いていたからである。

それにもう一つの理由は、群山に住む日本人は約五千人ほどであったのに、この年三月一日の反日デモ「万歳事件」の後にも、延べ数五万人にのぼる半島人の抗日デモがあって、不安を感じたため、内地人の多く集中した中央都市へ出たのである。

この抗日には二つの理由がある。その一は、大韓帝国が消滅し、それまで特権を振り回していた両班が、特権を剥奪された恨みを晴らすために無知蒙昧な賤民や奴隷を扇動していること、もう一つは日本人の素晴らしい活躍に対する羨望が高じて、憎しみに変っていることによるもので、これは、なんと云っても七百年も続けられた専横独裁王国における劣悪な民衆の生活においては、日本人と並ぶ生活をすることは夢にも見られないもので、自分の人生では絶対に変革できない諦めに対する憤りが反日感情として発散されているものである。

善次郎の手紙には、幾ばくかの小為替が同封されてきて、亡妻トヨの実家で引き取っていた長女の美知を全州に引き取る、とあって、九月の初め、十五歳になった美知は、単身で全州の善次郎の元に発って行った。しかしこの薄幸な少女美知は、既に不治の病、脊椎カリエスに侵されていた。

湿った山陰の山の中の貧しい農家では、魚を食べることはめったにない。粗食と過労に甘んじている山国の貧しい人々は、特に女性は魚や卵を夫や長男に食べさせても、自分で食べることは少ないから、ひ弱な躰をしていた。ここの世界は、お家大事というより、夫大事、家庭を支える家長大事なのである。財布は家長がガッシリと握り、支出は家長が一つ一つ承認してその都度金を支出する。限定された現金収入は、端数まで家長が知っているから、嫁は一銭たりともごまかしはできない。若い嫁は単に労働力にしか過ぎなかった。そのような風土で、栄養摂取の悪い女性は結核にかかりやすく、患者は怠け者扱いをされるので、無理をして死を早める。居候の美知がカリエスに侵されていたとしても、不思議ではなかった。

善次郎は美知がカリエスにかかっていたことを知って愕然とした。美知の病も治療によっては治ると医者から聞いて、莫大な金を掛けた。美知は亡妻トヨに似ている娘であったので、善次郎はより以上に愛しさを感じ、またトヨもカリエスではなかったかと思うにつけ、この娘だけは全快をさせたかったのである。

それを次女で、ずっと善次郎の側で育った美代は妬んで、

「おっとさんは、美知、美知、美知ばかり云って、美知ばかりを可愛がる。そんなにお金ばかりかけたって、だめなものはだめなんだから無駄よ…」

と善次郎に面と向って云うのであった。今まで一身に受けていた父の愛を、突然現れた美知に横取りされたような気になったのであろう。その美代の言葉に内心怒りながらも、小さ

い頃から自分の身の回りの世話をしてきた美代に対して、善次郎は言葉に出して怒ることができなかった。この美知は、善次郎の必死の尽力と希いも虚しく、半年後に眠るように不帰の客となった。

旅立ち

大正九年春四月、奈美は小学三年生になった。山国は春が遅い。まだ谷間に雪が残っている。陽当りのよい山肌に山桜が小さな花をつけている。ウグイスの賑やかな鳴き声だけは、のどかな山の春を感じさせた。

昨年以来、善次郎から小額ではあるが奈美の養育料が送られてきていたので、孝一郎の奈美に対する態度は少し変っているようであった。それでも粗食は変りようがなかった。その中で奈美は病気一つしなかった。背が小さく、コロコロとドングリのようであった。首が短いのは善次郎に似たためであろう。瓜実顔なのは母トヨに似たのであろう。カネは孝一郎に似て三角形の顔になった。少し横から見るとバッパにそっくりと奈美は思った。健郎はマスに似て細面である。この姉弟はおっとりしているのに、奈美だけがチョゴマゴするのは、やはり居候であるせいであろう。

バッパは、あまり云わなかったが、奈美が己の分をわきまえていることを、不憫だと思っているようであった。マスは嫁という立場で、ただ黙々と自分の仕事をし、奈美に特に辛く当るでもなく、或意味では他から来た同じ立場にいる女として、奈美に同情しているようでもあった。孝一郎が奈美に意地悪をするのかといえば、そうでもなく、奈美の仕事ぶりについては、見るところはちゃんとよく見て、それなりに評価していた。奈美に辛く当った頃があったのは、孝一郎の心の弱さのせいかもしれなかった。裏返せばそれは人の善さなのかも知れない。

四月半ばに、善次郎から孝一郎あてに手紙が来た。美知の死を伝えたもので、それと同時に奈美を引き取りたいと書き添えてあった。

「おっとさんがな、われに来いとよ。われァ一人で朝鮮に行くか…」

夕飯の時に、孝一郎が奈美にやさしく聞いた。奈美はその優しい語調に警戒心を抱いた。どういうことなのかと、その意味を考えながら、茶碗を抱えたまま下を向いて考えていたが、小さく頭を横に振った。家族中の視線が奈美の顔に集った。驚いた孝一郎はバッパと顔を見合わせて、

「奈美ょ、われの本当のおっとさんが、朝鮮に来いとよ。おっとさん処へ行きゃ、マンマもろうちき（沢山）食われるぞ。ええし（善い暮らしの衆）のようなええおんぞ（着物）も着

られる。朝鮮はええ処だげに…」

そう云われても、奈美は下を向いたまま黙っていたが、いきなり大声でわめきだした。

「いやじゃ、いやじゃ、わりゃ、いやじゃ。わりゃのおっとさんはトトだ。わりゃ、マンマ少しでええ、ここに居たがええ。がっしょがけ（一生懸命）てご（手伝い）するきん、ここに居さしてごしなはい…」

奈美は茶碗を持ったまま、何時までも泣きじゃくっていた。奈美は父善次郎の顔は全く知らない。バッパに、朝鮮には、ぬし（お主）のおっとさんがいる、と聞かされてはいたが、全く記憶にない父の事など、他人事のように実感として感じたことがない。逢ってみたいとも思ったことがないし、飢えているからといっても、父に助けてほしいというような父とは心のきづなが何もなかった。いまさら父の事を急に持ち出されて、朝鮮に行け、といわれても、自分がこの家に邪魔なので、そのために他所へやられるような錯覚に陥っているのであった。

お前はよその子だ、といわれて育っただけに、本能的に自分はこの家では邪魔なのだ、という意識があったから、常にやっかいを掛けまいとする気持と、忍従の精神が培われていたが、それだけに、いきなり朝鮮に行けといわれることは、死ねといわれるのと同じほどに怖ろしいことで、奈美は恐怖心から震えていた。

「奈美ゃ、われのおっとさんはな、奈美をおきしき（好き嫌い）で一人にしといたんじゃないで…。四人ものほんそご（愛し子）を抱えて、ごんご（大変）になんぎこんぎ（難儀苦儀）してたぁ…。男手一つで働いたり、われの面倒まで、えごはご（なにもかも）できん。われのおっとさんな、そりゃ優しいおっとさんだ。美知も連れてった。われにも来いと云うと後家どん貰えというたげに、われのおっかさんに気兼ねして、とうとうもらわなんだ。われる。いいか、われだって、何時までもここに居たんじゃ難儀ばかりだ。われだって、早ようおっとさんに逢いたいだろうが。おっとさん処へ行くが、わりゃ一番幸せなんだ。バッパかて、われが何時までもここへ居たんじゃ気が安まらん。いもがゆかて腹一杯食わしてやれやしない。おんぞ（着物）も、こ（買）うてやれない。バッパは悲しい、これ以上悲しみたくない…」

バッパの声がかすれた。下を向いて、袖で顔を覆いながら泣いている。

「バッパはな、われが幸せになってくれりゃ、それでいいんだぞ。おっとさん処へ行って幸せになれ。朝鮮は景気いいそうじゃ。毎日、白米のまんま腹一杯食われるぞ。雪も降らん処じゃそうだ。なぁ、奈美、おっとさん処へくー（行く）がいいぞ、判ったなっ」

黙っていた奈美は、コックリと小さく頭を振った。そして大きくしゃくりあげてから、小さな荒れた右手で眼を拭った。止めどもなく涙が溢れて来る。未知の処に行く不安が、気の遠くなるほど、奈美を怯えさせていた。しかし、バッパに心配をかけさせたくない、という一心が、奈美に善次郎の処に行く決心をさせた。

九歳の奈美は、独りで朝鮮に行くわけにはいかないし、善次郎は忙しくてとても迎に来ておれないというので、奈美の渡鮮は伸び伸びになっていたが、五月に入って、丁度、松江の人で全州の拓殖銀行に勤めていた金沢さんが、帰郷するという話を善次郎が聞き込み、全州へ戻るときに奈美を連れて来て欲しい、と金沢さんに頼み込み、奈美はこの金沢さんに連れられて全州へ渡る事になった。

バッパが、出発前に姉の美園に逢ってこいというので、奈美は健郎に連れられて、一山越えた隣村の渡辺家に、十キロも歩いて逢いに行った。実の姉妹でありながら、奈美には物心ついて初めて逢う姉であった。学校に行くほかはどこにも行ったことのない奈美は、渡辺家にも行ったことがなかった。美園も一度も遊びに来たことがなかった。話には聞いたことがあったので、奈美は美園に逢いたくもあり、またなぜか怖くもあった。

奈美が渡辺家へ着いたとき、美園は台所の脇の小さな居間に居たが、外には出てこなかった。一人で留守番をしているらしく、他には誰もいなかった。奈美と健郎の二人は家の中に入って行くでもなく、健郎が窓の下に奈美を連れて行って、ここに居るのだと教えた。奈美は背が低いので、伸びあがってみたが、中を覗くことはできなかった。ピョイ、ピョイと飛びあがってみたが、無駄であった。思案げに奈美が健郎の方を振り返ってみると、健郎は台所の入口の近くにあった、薪割台の木株を転がしてきて窓の下に置いて、奈美にあがれと云った。そして、モジモジしている奈美の手を、無理矢理引いて木株の側へ行き、尻を押してその木株の上に奈美をあがらせた。

奈美は、こわごわと壁に手をあてながら、木株の上に立上って、健郎の方を向いて、いたずらっぽくニッと笑った。それから、おそるおそる窓の障子戸を細く開いて、薄暗い部屋の中をのぞき込んだ。その物音に気付いて、それまで縫物をしていた美園が、フイと横を向いた。姉妹の目と目が合ったとき、雷にあてられたように奈美は身を震わせ、首を引っ込めた。

「美園は奈美のおっかさんに、そっくりだに、よく見てくるがいい」

出がけにバッパに云われたことを思い出して、奈美は再び首を伸ばして美園の横顔を見つめた。白い透き通るような綺麗な顔であった。どこかで見たことのあるような気がしてきた。生まれて初めて見た母の面影が、奈美の脳裏に焼付いていたのかもしれなかった。縫針を持つ手を休めて、美園が振り向いて、奈美と目が合うや、白い歯を見せてニッコリと笑った。それにつられて、奈美も口を大きく開けてニコリと笑った。美園は自分の妹の奈美が来ているのだとは、夢にも知らないようであった。それでも、この薄幸の少女二人は、言葉も交わさずに、目と目で心を通じ合わせているようであった。

「わりゃ、妹の奈美だぁ…」

そう云おうとするよりも早く、

「おっかさぁん」

と、奈美は叫びそうな思いにかられた。美園は奈美のほんの三メートルと離れていない処で笑顔を崩さずに、今にも何か語りかけようとでもするような表情で、食い入るように、誰なのか確かめようとでもしているように、奈美の顔を見つめている。奈美は何か云いたかった。云おう云おうとするあせりが、胸一杯に広がった。と、急に涙が溢れてきた。その涙を美園に見られまいとして、奈美は首を引っ込めて、ガサガサに荒れた小さな手の甲で涙を拭うと、思い直したように伸びあがり、美園の顔を再び見た。美園が振り向いて何か云おうとしたとき、弾かれたように奈美は木株から飛び降りると、怖い物から遠ざかるかのように、一目散に路の方へ駆け出した。朝鮮に行くよ、とどうして云えようか。

「おおい、奈美っ、奈美ぃっ」

健郎が大声で呼びながら奈美の後を追った。その声に、弾かれたように美園が立って来て、窓から身を大きく乗り出して、

「なみ…」

小さく叫んで、遠のく奈美の後ろ姿を目で追ったが、奈美の姿はすぐに木陰に消えてし

まった。これが姉妹の悲しい、そして初めての出合であり、永遠の別れであった。ただこの時の情景を奈美はいつまでも鮮明に覚えていた。

奈美は朝鮮へ出発する日、近所の子供達とケン遊びをした。こんなことはここ二年もしていなかったので、奈美は夢中になった楽しい一時であった。

お昼には、マスが手打ちのソバを打ってくれた。奈美は五杯もお代りをしたが、誰も何とも云わなかった。かってはギロと睨みつけた孝一郎も、愛想が良かった。

「うんと食えよ。途中で腹が減って、まくれん（転ばない）ようにな」

云いながら孝一郎は、もう出かける用意をし始めた。バッパが紡いだ麻糸の束を奈美を送りがてら松江に担いで行くつもりである。奈美は慌ててソバをかきこんで台所の出口へ出た。わらじを履いていると、バッパが顔をくしゃくしゃに崩し、ボロボロ涙をこぼしながら、

「奈美や、善次郎に会うたら、わりゃ、たらず（馬鹿者）だって、バッパが云うとったって、云うがいい。何もトヨに気兼ねせんで、後家をとりゃ、われらに難儀させんでもよかったに。ほんにィ、奈美も難儀したなぁ。その分、朝鮮行ったら、善次郎に善うしてもらうがええぞ」

顔をクシャクシャに崩して、バッパは人の居るのも構わずに、オイオイと大声をあげて泣き出した。奈美は悲しさがこみあげてくるのを、歯を食いしばってこらえて、バッパの側ににじり寄った。奈美はバッパがしなびた大根のような、カサカサした両手をさしだした。それを奈

美はまた、ガサガサに油ッ気のない小さな手で、しっかりと握りしめた。

「バッパァ…」

「おォ…」

二人とも声にならなかった。

「バッパァ」

奈美は一気にしゃべろうとしていたが、どうしても声が出ない。

「達者で…」

やっとそれだけを奈美が云った。バッパが乱れた髪を直そうともせずに大きく首を振ってうなづいた。

「バッパァ、われがいかく（大きく）なったら、何か送るが、何がええ。何がええ…」

奈美は、バッパに何か礼をしなければならない、という気が急に高まっていた。

「おお、えらしじ（いじらしい）ことを云うのォ。われにゃ何もしてやれなんだに、いもがゆさえ、ろくさんぼ食わせられなんだ…」

バッパはそう云って、また大声で、人目もはばからずに泣きじゃくった。その声の大きさに、遠くにいた人までが何事かと駆けて来た。

「いらん、いらん、何もいらん。われの、その気持だけでええ。それだけで、われを育てた甲斐があった…」

「バッパァ…」

奈美は、無性にバッパに甘えたかった。

「奈美や、われが気がすむんなら、砂糖の半斤（三百グラム）も送るがいい」

バッパは、そう云うと奈美の方に駆け寄って、いきなり奈美をしっかり抱きしめた。奈美は、その胸に顔を埋めた。プンと母の匂いがしたように思えた。奈美には母に抱かれた想い出はない。トコトコトコとバッパの胸から鼓動が力強く伝わって来て、肉親の温かな体温を感じた。善次郎にとって兄嫁であるバッパは、奈美にとって血のつながりはなかったのに、祖母と孫娘の抱擁のような錯覚を奈美は覚えたのである。

「奈美ィ、遅ぅなるぞぉ。早よ、こんかァ…」

外で孝一郎の呼ぶ声がした。はじかれたように奈美はバッパから離れて、上り框の処に置いてあった、身の回り品を包んだ唐草模様の風呂敷包を背負い、よろけながら外へ飛び出して坂を下った。仲良しだった級友のトシが悲しそうに手を振っている。

「生水を飲むんじゃないぞォ。おっとさんの云うことをようく聞くんだぞぉ」

バッパの叫びに似た声を背中一杯にあびて、今までこらえていた奈美は、堰を切ったように大声で泣きじゃくりながら孝一郎の後を駆けながら追った。三つ組に編んだ髪がゆれて背と胸を交互に打った。新しいワラジの緒がきつくて、少し痛かった。奈美は幾度も幾度も後ろを振り返ったが、道は曲がりくねっているので、すぐに家は見えなくなって、谷に沿った細い道に迫る険しい山脈と、喜びも悲しみも全てを包み覆う林の若葉だけが、奈美の前後に、無言で山風に揺らいでいた。

この大正九年には出雲大田から京都まで、京都から下関まで汽車の便があった。また来次から宍道まで軽便鉄道が開通していた。従って京都回りなら汽車で下関まで行くことはできたが、何分にも遠回りであるし旅費がかかりすぎる。その点、宍道まで軽便鉄道で出て、宍道から船で下関に出るのが手っとり早かった。阿用から出雲大東まで約八キロを歩けばよいが山道なので二時間はかかる。孝一郎は急ぎ足で歩くので、小柄な奈美はハアハア大きな息をつきながら、駆けるようにして、必死に孝一郎の大きな尻を上目づかいで見あげながら追った。孝一郎は金沢さんへの土産の卵とソバを手に下げて、背にはバッパの紡いだ麻糸を背負っていて、歩く度にその麻糸の束がユサユサと揺れていた。

「奈美ッ、金沢さんから離れるんじゃないぞ。迷子になったら、ことうぞう（子盗賊）にさらわれるけんに…」

後ろを振り向きもせずに、孝一郎が大声で云った。その言葉が奈美にはとても嬉しかった。疲れが一辺に飛んでしまって、奈美は小走りになって、孝一郎の近くに寄った。これまで、とても怖いという想いが強い孝一郎であったが、今日でお別れだ、という想いがあるせいか、このままの別れが、何故か胸を締め付けられるほどに切なかった。不思議に恨みがましさは全くなかった。むしろ愛しさすら感じるのであった。

「あい。ほがほがしねーで、しっかり着いて行くけん」

奈美は明るい声で返事をして、孝一郎に遅れまいとして、ぼいちゃげ（追いかけ）た。それでもすぐに孝一郎との間に、大きな隔りが出来てしまった。

暫くして孝一郎が気付くと、奈美は百メートルも離れていた。孝一郎は立止って待ちながら、奈美が近づくと、

「足が痛むか。どら、脱いでみろ」

孝一郎はやさしく云って、腰を屈め、奈美からワラジを脱がせた。それから鼻緒を強く引いて揉みほぐし、柔らかくした。奈美が嬉しそうにそれを履くと、孝一郎は奈美の前では、これまで一度もニコリとした事がなかったのに、仏のようにニッコリと顔をほころばせて、天狗のような大きな手で奈美の頭を軽く撫でた。それから、

「どげだァ…」

と、ぶっきらぼうに低い声で聞いた。

「いとうない」

「ああ…」

短く云って、孝一郎は再び踵を返して、さっさと歩き出した。お世辞もいえない、実直そのものの山男の孝一郎のその優しさが、奈美にはたまらなく嬉しかった。

「なんで吾ればかし、しごする（いじめる）のか」

と思ったことも幾度もあった。ただ怖い存在であった孝一郎の、ふと見せた優しさが、今までの奈美の悲しさ、苦しさを忘れさせるようである。奈美は孝一郎に心配をかけてはいけないと思って、必死になって駆けるようにして、孝一郎の後ろを息をはずませながら、ヒョコヒョコと追った。

大東駅から宍道駅まで軽便鉄道に乗り、宍道から出雲鉄道で松江に出た。松江で孝一郎は糸屋に寄って荷をおろし、宍道湖に近い金沢さんの家に着いたのは、もうすっかり日も落ちた七時すぎであった。

士族であるらしく、立派な門構えがあり、玄関で案内を乞うと背の低い老婆が出てきて、裏の台所へ廻れというので、二人は植え込みの間を抜けて台所へと入ると、桶に水が用意されていた。孝一郎は奈美を座らせて桶の水で丁寧に奈美の足を洗った。奈美は恐縮そうに身をこわばらせていた。孝一郎は、奈美が充分に洗わずに上にあがっては困るとの老婆に対する配慮からであった。孝一郎は自分の足を洗ってから、下駄を借りて桶を台所の外に持ち出し、水を植木の根元に静かに掛けて戻ってきた。桶を老婆が指示した場所に片付けて孝一郎は板の間にあがって、一通りの挨拶をすませて孝一郎が土産物を差し出すと、老婆は板に額が着くほどに丁寧なおじぎをして受け取った。それから黙ったまま、納戸近くの小部屋に二人を案内して、ランプに火を灯した。

「ここでお休みなんし。旦那様は明朝お会いなさいます」

小さいがはっきりとした丁寧な言葉でそう云って、老婆は雪隠の場所を教え、火の始末をよくするように、と云い残して去った。部屋は八畳で、弓ガ浜木綿縞の夜具が敷いてあった。二人はここに来る途中で、握り飯を食べて来たので、あとは眠ればよいだけである。奈美は疲れてぐったりしていた。ランプの灯油を多く使ってはいけないし、明朝は早いから早く寝ろ、ということになって、二人は早々に布団の中にもぐりこんだ。奈美の使っていた煎餅布団とは違って、ふっくらとした柔らかな布団なので、奈美は自分がこの布団に寝てよいものかと少し心配であった。耳をすますと、屋敷の中は無人のようにシンと静まり返っていた。近くに池でもあるのか、チョロチョロと水の流れる小さな音がする。時たま、バシャと魚の跳ねるような音もした。

初めて孝一郎と二人並んで寝て、奈美は何時までも寝付かれなかった。まだ見ぬ朝鮮の父の顔をあれこれと想像し、過去の色々な想い出が、次から次へと泉水のように湧き出てきて、九歳の少女の小さな胸は張り裂けんばかりであった。

「早よう寝ろよ」

孝一郎も、いつまでも寝付かれないようで、幾度も寝返りを打っていた。

翌朝、奈美は孝一郎に揺り起された。慌てて起きて布団を畳んでいると、昨夜の老婆が箱膳を運んできた。黙々と食べた後、二人は長い廊下を老婆に案内されて、金沢さんの部屋に通された。

金沢さんは三十代の小柄な人で、紺の背広を着て、ハイカラーが際だって白く見えた。細面で口髭をたくわえ、近寄り難さがあって、二人はオズオズと広い座敷の入口にかしこまって挨拶をした。金沢さんは気さくに声をかけて、奈美の交通費は善次郎から預っているから安心するように、また責任を持って善次郎の元に送り届けるから安心するようにと孝一郎に云った。暫くお茶を飲みながら世間話をしてから、家を出た三人は松江駅へと向った。

宍道湖が五月の澄んだ空を静かに映して青く輝いていた。波が幾重にも白く走り、若緑に染まった対岸に水鳥が白く群れている。漁船が細く長いキラキラ光る航跡を残して沖へ去った。駅まで送ってきた孝一郎は、金沢さんに深々と頭をさげて、奈美のことを頼んで、奈美には改札口で一言だけ、

「達者でな…」

と低い押し殺したような声で云った。何か胸にこみあげてくる熱い物があるのか、歯を食いしばって、涙が出てくるのを、必死に留めているかのように目を見開いている。その顔は奈美には無表情に見えた。それが奈美には肉親から突き放された様な淋しさを感じさせた。幼い奈美には、孝一郎の今の心の中を察することはできなかった。

金沢さんは足早に人の居ないプラットホームに出た。奈美は暫したためらいを見せたが、孝一郎に促されて、慌てて金沢さんの後を追った。新しい赤い鼻緒の下駄がカカカと小さく鳴った。奈美の着物は、バッパの古着を洗い張りして仕立なおした物である。革のトランクを持ち革靴を履いた金沢さんとは、どう見ても吊り合わない組合わせであった。

やがて列車が大きな音を轟かせ、激しく蒸気を吐き出しながら入ってきた。列車が止まると、金沢さんは扉を押し開いて、奈美の方を振り向きもせずにサッサと列車に乗り込んだ。奈美は期待と不安とためらいとの複雑な気持を押し殺すようにして、ふと改札口の方を振り返って見た。孝一郎は金沢さんへであろうが姿は見えないのに、幾度も丁寧におじぎをしていた。そんな孝一郎に感謝の意を込めて、奈美は自然に深く頭をさげて、急いで列車に乗った。

列車は間もなく動き出した。奈美は今にも泣き出しそうな顔をして、窓ガラスに額をくっつけて、孝一郎の方を見ていたが、孝一郎も駅もすぐに見えなくなった。列車の中は乗客がまばらだった。松江から安来まではおよそ二十キロである。故郷から遠ざかるに従って、奈美は気の狂うほどの淋しさに襲われ、どうすることもできずに、ただ窓から移り変る外の景色を見ることで気をまぎらわせていた。金沢さんは奈美には構わずに、黙って腕組をして目を閉じていた。

安来で列車を降りて、港で定期船に乗った。金沢さんは奈美を船底の三等船室に連れて入って、食事時には迎えにくるから、ここを動いてはいけない、といって自分では二等船室に行った。そして食事時になると金沢さんは奈美を迎えに来て、食堂で食事をさせてくれた。家では食べたこともない物もあり、奈美はそれが食べたかったが、あいにく境港を出た頃から雨になり、海が荒れて、折からの蒸し熱さと馴れない船酔のために、奈美は食べるどころではなく、ゲロゲロと戻してばかりいて、暗い三等船室にうずくまって、下関に着いた時にはフラフラと目眩がしていた。

下関で旅館に泊り、奈美はやっと人心持(ひとごこち)がした。ここで関釜連絡船に乗り継いだ。朝鮮海峡は潮の流れが早い上に、丁度時化時であったので、小さな木造の連絡船は大揺れに揺れた。奈美は水ばかり飲んではゲロゲロと吐いてばかりいたので、釜山に上陸したときにはゲッソリと痩せていた。

釜山は北にそそり立つ岩山を背に、南の入り組んだ海岸と島により穏やかな港を持つ朝鮮第一の港街である。景観がお釜に似ているから地名になったと云われているが、冨山と記載されたこともあるので、ゴツゴツした山が多く連なっていることからきた名称なのであろう。

釜山駅前の飯屋で、朝鮮漬をおかずにして白米のご飯を食べたとき、奈美はやっと人心持がしてきた。金沢さんがびっくりするほど、奈美はガツガツと何杯もお代りをして食べて、満腹のお腹をなで、ゲップが出たときには、金沢さんも思わず吹き出していた。満腹になると、故郷を離れた淋しさ、不安も吹き飛んで、奈美は初めてみる半島人の衣裳や、頭の上に大きな甕や荷物を載せて歩く女達にビックリしてみとれた。

釜山から夜行列車に乗った。京釜線で大邱、金泉、を経て大田で湖南線に乗り換えたのは、朝方である。朝方といってもまだ夜中なので、旅疲れの奈美は目が開かずに、半ば眠ったままプラットホームを歩いた。列車に乗り換えると、奈美は雑巾のように眠りこけた。夜明けと共に奈美は目が覚めた。

車窓から広く展がる湖南平野は、どこまでも限りなく水田が続き、なだらかな丘や山が白い朝靄の中に絵のように美しくて、奈美は目を見張った。

朝鮮の名称は、この美しい朝の鮮やかさに生命の力強い息吹を感じて付けられたと云われ、紀元前に半島北部に「衛氏」が「朝鮮」を建国しているので、朝鮮の名称の歴史は古い。

山国に育った奈美には、このように限りなく広がる水田を見たことがなかった。白鷺が群れ、牛を引く農夫が通る。窓を開けるとどこか遠くの寺の鐘の音も聞かれた。山猿のようにキロキロと目を光らせて、物珍しそうにしている奈美の姿を見て、隣の席にいた半島人のヤンバンサラミのオモニが、奈美を内地から連れてきた女中とでも思ったのか、手提げ篭からゴマの着いた朝鮮アメを一つ取り出して、わざわざ席を立って来て、奈美に、

「モゴラァ（お食べ）」

と云って差出した。奈美はその素振りで、云っている意味が理解できたが、おずおずと金沢さんの顔を見て、指示を仰いだ。

「貰いなさい」

そう云って、金沢さんは、

「コウマプシミニダ」

とその婦人に礼を云った。奈美はすぐに自分も頭をさげて、コウマプ…と小さくつぶやいた。それから長さ二十センチほどの、米を発酵させて造ったごまのついた白い朝鮮アメを半分に折って、一つを金沢さんに差しだした。金沢さんは笑いながら断ったので、奈美は両手に一つずつ持って食べ始めた。このようなアメを一人で食べることなど、今までの奈美には考えられないことであったし、それを見ず知らずの自分にくれる人が居る朝鮮に、奈美は改

めて驚くのであった。

　全州で列車を降りると、金沢さんは駅前に屯していた人力車を招いて、奈美を大正町の善次郎の処に届けるように云って、奈美には人力車に乗るように云い、自分では別の人力車に乗って、

「わしも途中まで一緒に行くが、おっとさんの処に連れていくように、車夫によく云うておいたから、一人で行きなさい。十分もせんうちに着くはずじゃ」

　そう云って金沢さんは先に車を走り出させた。膝に赤いラシャの膝掛を掛て貰い、汚らしい風呂敷包を大事そうにしっかりと抱き抱えて、それでも奈美はお姫様にでもなったような気分であった。広い舗装された道に沿って人家が建並び、荷馬車が激しく行き交っている。奈美が見てきた宍道や松江の町よりも大きくて賑やかだと思いながら、鯉幟のはためきに気ずいて、またびっくりした。大正町に入ると、アスファルト舗装道に沿って高いコンクリート造りのビルが立並んでいる。街路ガス灯がズラズラと並んでいる。何もかも奈美には驚く物ばかりである。

　間もなく奈美を載せた人力車は、大正町七丁目から本町へと右に曲って入り、トタン屋根の朝鮮家屋の前に止った。車夫は車の前の垂れ布をはぐってから、家の前で、

「こめんくたさい」

車夫が大声で呼びかけた。すぐに返事があって、美代が顔を出した。奈美は、猿がはい出すように車から降りて、大事そうに風呂敷包を抱え、美代の顔をまじまじと見つめた。奈美は初めて見る美代であったが、直感的に姉だと判った。顔の輪郭は似ていなかったが、口元や目のあたりは、先日会ったばかりの美園によく似ていた。なつかしい人にあえたように、奈美の胸に熱くこみあげてくるものがあった。浅黒い顔に、異常にキロキロとした眼をした小猿のような女の子を、美代は暫く凝視して、

「だれ、この子ッ…」

帰ろうとする車夫に聞いた。

「タノマレタ、イルボンカラキタ」

車夫の説明でも美代が納得しそうにないので、奈美は泣出しそうな顔をして、袂から大事そうに皺くちゃになった、善次郎の住所書を取り出して、

「わし、藤野奈美だ」

どもりながら、ガッシリと肥えた背の高い、大人びた美代の顔を見あげた。これを聞いて、美代はいきなりゲラゲラと腹を抱えて笑い転げた。笑い終ってからでもまだククッと吹き出しながら、両手でバタバタと自分のお腹をたたきつつ、

「なあんだ、なみちゃんかい。誰かと思った。さ、早く入んなよ、ボサボサしてないでさ。

来ることが判っていりゃ、ちゃんと迎に行ったんに、おっとさんも、本当に気がきかないんだから。来るって云っとけばいいのに、さ、中に入んな…」

　まくしたてるように大声で云うと、美代は奈美の手から荷物を引ったくるようにして取りあげて、さっさと部屋の中に入っていった。奈美はホッとして、それでもまだ美代が自分の名を云わないので不安気に玄関にあがり、居間へとおずおずと通った。

「ほら、そこに座んな、座布団を敷いてさ。おっとさんも、もうじきに帰ってくる頃だからさ。疲れたかい。船は面白かったかい。そうそう、もう買物にいく時間だ。奈美ちゃん、今日はすき焼にするからね。ちょっと待っててね。市場に行ってくるから、すぐ帰って来るよ。戸棚にマンジュウがあるから、一人で食べてなよ…」

　美代は一人で喋ると、手篭を持ってそそくさと部屋を出て行った。

　美代が出ていくと、奈美は畳の上に大の字なりに寝そべった。旅疲れと、父の家に着いたという安心感から、奈美はいつしか眠ってしまった。

父と娘

奈美が眼を醒ましたとき、奈美は顔に覆い被さるように見下ろしている孝一郎に驚嘆してはね起きた。

「よう眠ったなぁ。おっとさんだぞ。よう来たなぁ…」

善次郎が笑って奈美の顔をのぞき込んでいた。そのとき奈美は、その場の状況を理解した。

善次郎は、孝一郎に似ていると奈美は一瞬そう思った。

「嬉しくないのかァ。奈美のおっとさんだぞ。なにを食っていた、猿みたいに皺だらけじゃないか。あッははははは…」

善次郎は嬉しそうに声をたてて笑うと、おびえたように、ただ眼ばかりキロキロとしている奈美を両手で抱えあげた。

「重いなあ、でっかくなった。ほんにでかくなった…」

善次郎の胸中には、出雲に帰る時のヒイヒイかすれ声で泣いていた奈美の想い出が、昨日のように思い出されていた。育たないかも知れない、という思いがあったのに、よくぞ育ってくれた、という思いが涙を誘った。

善次郎の優しい声色に、奈美は家を出るときにバッパに云われたことを思い出した。これだけは忘れないうちに伝えて置かなければならないと思った。

「バッパが…」

云いかけて、栗を逆さまにしたような顔の奈美は、首を傾げて暫し躊躇した。

「なに、バッパがどうした…」

「バッパが、善次郎はタラズ（馬鹿）だって、云えって…」

思いきってそう云うと、善次郎はさもおかしそうに、大声を上げて笑いながら、

「タラズだってか、そう云ったか。そう云ったか…」

頷くように繰り返して、奈美の頭をいじらしいように撫でた。

「おっとさん。ご飯の用意ができたよ。奈美ちゃんもこっちに来て、うんと食べな」

茶の間から美代が入ってきて声を掛けた。内地から妹が来たというので、美代は大張切りである。美代は十四歳で善次郎の身の回りの世話を一切やっている。まるで女房気取りである。カラッとした気性で、六歳の時に一人で朝鮮に残ったくらい、しっかりしたところがある。善次郎が今までやってこれたのも、美代あってのことといって過言ではなかった。奈美が茶の間に入ると、飯台の上にすき焼きの用意がしてあった。

「ほうら、奈美ちゃん、すき焼き好きかい。お肉いっぱい買ってきたから、うんと食べなよ」

美代は善次郎の事を放っておいて、奈美のことに夢中になっていた。奈美は丸い飯台も初めてなら、その上に乗っている大きな皿に山盛りになっている肉を、こんなに近くで見るのも初めてであった。

「こっちに座りな…。お鍋の側がいいよ…」

美代は奈美を七輪の側に座らせた。奈美は七輪も珍しく、その上に載せられたすき焼鍋も見た事がなかった。チュウチュウと音をたて、白い煙をあげながら厚い脂身が焼け、何ともおいしそうな香りが奈美の鼻を包んだ。すき焼き、それは奈美にとって初めての食物であった。奈美は眼の前に並んでいるご馳走の山に、気を奪われて落ちつきなく眼を走らせて上気していた。

「食べなさいよ。ほら、もう食べられるから」

美代が奈美をせかせた。側から善次郎も奈美の顔をのぞき込んで、

「どうした。勝手に食べていいんだぞ」

と優しく声をかけた。奈美は二人の声も上の空で聞いていた。ただ口をモグモグと小さく動かしながら、ご馳走の山を見回していた。

奈美は、こんなに素晴らしいご馳走の前に座ったことはなかった。うまい物を食べたいとは思ったこともなく、ただ何でもいいから腹一杯に食べてみたいという食欲だけに支配されてきた。今、盛沢山のご馳走を眼の前にして、奈美はあまりにも出雲の生活とは段差が激しくて、夢でも見ているような戸惑いを感じていた。食べろといわれても、本当に食べてよいものかと不安が先にたって、奈美は夢ではないかと幾度も善次郎と美代の顔を交互に見比べてみた。それから、やにわに茶碗を持つと、息をもつかぬ早さでご飯だけを口の中に掻き込

んだ。その様を美代がびっくりして、箸を持ったまま唖然として見つめ、善次郎と顔を見合わせた。

「すき焼を食べないのかい」

奈美が、一杯目を平らげて美代の方を向いたとき、眼を丸くしたまま、美代はあきれ顔で聞いた。

「いいさ。うんと食え」

善次郎はただ笑っていた。これほどまでに飢えていた娘を引きとったことに、満足しているようであった。出雲の山間の農家が貧しく、食事も満足にできないことは、善次郎自身がよく知っていた。奈美は二杯目のご飯を盛って貰うと、今度は朝鮮漬だけをおかずにして食べた。奈美は内地にいたときには、いもがゆに嘗め味噌と青菜の塩漬ばかりを食べていたから、朝鮮漬は実においしい高級な料理であり、これを食べることも何か気がひけるような気持であった。だからときどき、何か云われやしないかと、卑屈にも二人に流し目をくれていた。

「すき焼を食べないのかい」

美代は、せっかく自分が意を用いたすき焼に奈美が手をつけないので、少し腹をたてたようである。そして少しヒステリックに、

「嫌いかい？」

大声で聞かれて、奈美はビクッとして箸を動かすのを止め、怖そうに美代の顔を横目で見つめ、ペロリと舌を出して唇の周りを嘗めてから、茶碗を持ったまま箸で鍋の中の牛肉をつまみあげたが、暫く見ていて、ためらい、それを鍋の中に落した。

「肉よ。牛肉だよ。いっぱいあるのだからいっぱい食べなよ」

そういわれても、奈美はもう一度鍋の中を覗いてから頭を大きく横に振った。美代には、奈美の育った生活環境が判らないのである。奈美はまだ肉を食べた事がなかった。その肉を見ていると、いつぞや、食べようと思って腹を裂いた蛙のことを思いだしたのである。

「食べたことないのか…」

このときになって、善次郎は自分の育った時代を振り返り、娘も肉など食べたことがないのではないか、ということに気付いた。奈美は小さく頷いた。

「卵もか」

「たまご、どこ」

奈美は湯気を手で払うようにして、鍋の中を首を回しながらのぞき込んだ。

「卵はここだ。ほら、こうして割って、この中にすき焼を漬けて食べるのだ。どらどら、取ってやる。そらこうして、これを食って見ろ」

善次郎が肉を碗の中の卵につけ込んで、奈美の前に差し出した。奈美は善次郎の顔を見つめて、ニッと愛想笑いをした。それから、おそるおそる碗を持ちあげて、箸で肉をつまみあげ、目をつむってそれを口の中に押し込んだ。初めはゆっくり噛んでいたが、早くなって、鵜が魚を飲み込むように、ことんと飲み込んだ。

「うまい」

大きな口で埋まったような笑顔を善次郎にみせて、奈美は碗の中の肉を口一杯にかき込んだ。そして奈美は鍋の中の物を夢中になって食べた。ときどき二人の方へ視線を流したが、すぐに二人を意識しないようになった。飢餓の世界から這いずり出てきたこの娘に、善次郎は、たまらない愛しさを感じていた。

こうして、離れ離れだった父娘は打ち解けた。血は水より濃いというが、九年間の時間の隔たりは、もう無くなっていた。

善次郎の住まいは、小さな朝鮮家屋であった。妻トヨを亡くしてから全州に移り、自分の家を建てる気にならなかったらしい。古屋を買って一部屋を継ぎ足してあった。庭が五十坪ほどあり、隣は鉄工所であった。まだ電灯はなく、ランプを使っていたが、鉄工所に電線が来ていたので、近いうちに電灯を付ける予定だと、美代がはしゃいでいた。

翌日、善次郎は奈美の学校転入手続のために、大和町の全州公立壽常小学校へ奈美を連れて行った帰りに、近くの「慶喜殿」に寄って奈美に見せた。その豪華な社殿に奈美は目を奪われた。ここに全州の出身者であり、朝鮮王国を建てた李成桂の木像が祇ってあった。

全州は朝鮮半島南西部、万傾江の上流である全州川に沿って、古くから発達した処である。百済の頃には完山と呼ばれ、南門の南西に完山という山がある。新羅代に完山州となり、全州と改称されたのは、およそ二百年後のことと云われている。

一三九二年に高麗を滅亡させて、李氏朝鮮を樹立した高麗の将軍李成桂の出身地は、この全州なので、全州は完山留守府とも呼ばれていた。道庁の側にある通称「南門」は、その当時の全州城の城門の一つで、湖南第一城豊南門（現存している）といわれた。

街中のあちこちの家で、鯉幟が勢いよく揺らいでいた。その側を通る度に、奈美は立止まって空を仰ぎ見ていた。奈美が内地に居た時には、村長さんの処ですら鯉幟をあげなかったので、奈美には珍しくてならなかった。

「面白いか…」

善次郎も立止まって空を見あげた。それでもさすがに買ってやるとは云わなかった。そしてフト物思いに沈んだ。それは亡きトヨのことを想い出したからである。トヨは女の子ばかりを四人も生んで、男の子ができないことを気にしていた。それを善次郎は、子供を一ダースも作るんだから、そのうちに男の子が生まれるさと慰めた、そのことが善次郎の脳裏に、まざまざと思い出されてきていた。その夢はトヨの死によって、はかなくも崩れ去り、男の子は永遠にトヨと共に、善次郎の手中から遠ざかってしまった。

「ああ、この奈美が男の子なら、鯉幟を今から買いに行くものを…」

善次郎はそう思うと、胸を締め付けられるほどに切なかった。そして不覚にも涙を浮かべてしまった。

「どげしたん…」

奈美がそれに気付いて、心配そうに善次郎の顔を見あげた。

「どげもせん。目に芥が入っただけだ」

善次郎は慌てて目をこする真似をして、作り笑いをしてみせた。それから、

「上ばかり向いていると、目に芥が入るから、上を向いて歩いちゃならん」

そう云われて、奈美は神妙に下を向いて、下駄をアスファルトにわざと当て、カラコロと鳴らして歩きだしたが、鯉幟が近づいてくると、また立止って空を見あげるのであった。

「ほらほら、芥が入る」

注意されて、また神妙に下を向いて歩くが、奈美には善次郎が何故に鯉幟を見せてくれないのか、理解できない。それでも善次郎の機嫌を損ねてはならないと思って、今度は本当に神妙な顔付をして、横見もせずにチョコチョコと、善次郎の前を先にたって歩いていた。

この年も朝鮮半島の各地で、抗日朝鮮独立軍と日本軍との間に交戦があった。全州にはほぼ二万人の半島人と、三千人ばかりの内地人が住んでいたが、明治四十年九月の抗日暴動以来、全州には日本軍一個中隊が駐屯していたので何事もなかった。

明けて大正十年、奈美は小学校四年生になった。肉親の愛の下にコロコロと太り、伸び伸びと育っていた。善次郎は高砂町に事務所を持って、建築請負業の仕事も順調で、奈美を可愛がったので、美代がたまに不満そうにふくれることがあったが、その美代も、奈美を自分の子供のように面倒を見ていた。

この美代は既に十六歳となり、すっかり大人びていた。背格好や顔つきはどう見ても善次郎に似ていた。そういう点で性格も奈美とは対照的であった。朝鮮語も達者で、半島人の物売りからも値切って買うのがうまかった。物売りは美代の愛想のよさに、つい値引きをするようであった。それを得意そうになって、美代は奈美に買物のコツを教えるのであった。この美代は、奈美には煩わしく感じられるようになった。なにしろ口うるさい。礼儀作法を知らない、といって、いちいち口やかましく云う。ご飯を食べるときにペチャペチャと音を出す、といって奈美の口をアザができるほどにつねる。下駄の脱ぎ方が悪いと云っては、下駄で奈美の足を打った。障子を立ったままで開けると、

「また立って開ける。腰を屈めて開閉するものだ」

いうより早く美代の手にした物差が、鋭く風を切って奈美の脹ら脛を強く打った。そのくせ美代は、何かというと奈美、奈美と、自分では食べなくても珍しい食べ物などをとって置いてくれた。そんな美代を奈美は怖くもあり、うるさくもあった。幼年期をいわゆる他人の家で育っただけに、奈美はそれなりに独立心を持っていた。それだけにアザができるほどに美代につねられても、じっと我慢して声一つ出さなかった。それがまた美代には気に入らなかった。奈美が泣いたら、母親のように奈美の機嫌をとりたかったのである。幼く母に別れて育った美代も母の愛に飢えていた。その母を慕う心が善次郎の面倒を見ることで紛らわされて来ていた。そしてここに奈美という妹の出現によって、自分の母に対する憧憬が、妹を母親のように看るという母性愛へと転化させ、それによって愛の渇きを癒していたのである。奈美に対する打つ、つねる、という嗜虐行為も、与えてもらえなかった母の愛への憧憬の変形的発露であり、愛を求めている心の強さの表現でもあったのである。

「強情だねェ、この子は…」

自分でつねっていて、奈美が泣かないのを見ると、美代はそう云って一層指に力を入れた。それを奈美は歯を食いしばって我慢していた。

「痛くないのかい…」

しまいには、美代の方が呆れてしまった。

「痛くない」

奈美は奈美で強情を張った。すると美代は癪にさわるのか、

「ようし、泣くまでつねってやる」

美代は意地になって奈美を畳の上に押し倒すと、馬乗りになって奈美の口を力まかせに捻りあげた。痛さに涙が出てくるのをこらえながらも、奈美はついに声を立てなかった。

「泣け、泣けっ、泣いたら離してやる」

美代は、なおも指から力を抜かなかった。それまで美代のなすままになっていた奈美は我慢の限界に来て、いきなり両手で美代の手を掴むが早いか、ガップリと咬みついていた。

「いたァ、痛い」

今まで調子に乗っていた美代は、予想外の奈美の反撃に、けたたましい悲鳴をあげて奈美の腹の上から跳びのいた。間発を入れず起きあがった奈美は、開いていた縁側の戸から素足のままで庭に飛び出した。それを追って縁先まで出てきた美代は、

「まるで餓鬼みたいな子だ。今晩、ご飯食べさせないから、そのつもりでいなッ」

そう、憎々しげに悪態をついた。

その晩、奈美は早くから布団を敷いてもぐりこんだまま、夕食にも出ていかなかったので、善次郎が心配して呼びに来た。

「どこか悪いのか…」

「食べたくない」

「熱でもあるのか」

善次郎が奈美の額に無骨な手をあててみる。奈美は亀の子のように布団の中に首を引っこめた。善次郎が部屋を出ていくと、入れ替りに美代が心配そうにやってきた。美代は昼間の喧嘩のことなどケロリと忘れていて、

「奈美ちゃん、豆腐汁を作ったわよ。早くいらっしゃい。冷めてしまうと、おいしくなくなるから。ねえ、どこか悪いの、ここに運ぼうかね…」

相変わらずの母親ぶりを示したが、奈美は昼間のことでむくれていたのである。特に美代が晩ご飯を食べさせないから、と云ったのを根に持っていた。内地では、あの孝一郎ですらも、ご飯を食べさせない、とは一度も云ったことがなかっただけに、奈美には美代の言葉が腹立たしかった。

しかしこの美代のおかげで、ひどかった奈美の出雲なまりもすっかり直ってきた。また奈美は出雲では放っておかれたので、普通の子供が身につけている普通の礼儀作法も、身についていなかったが、このごろ当り前に身に付いてきていた。他人は所詮他人であって、無理に教えてはくれない。美代が打ったりつねったりして奈美の躾をしたのは、やはり姉妹の愛

があったからであるといえる。

大震災

第一次世界大戦の戦勝国である日本は、植民地朝鮮の経営もようやく軌道に乗り、着実に実効を挙げていた。大正デモクラシーも謳歌され、着実な根付を見せていた。

内地から離れた外地朝鮮は、進取の気性に富んだ移住者が多く集まり、また国を挙げての開発で、都市は文化の先端をリードしていた。

朝鮮に住む内地人にとっての内地は、中心地ではなく、奥なる地であり、振り返ってみる故郷であった。新しい文化、流行は東京、大阪よりも先に、新開地植民地で始まるといっても過言でなかった。

ヨーロッパ人の植民地政策は、その土地からの搾取であるのに対して、日本人の植民地政策は、新開地の開拓であり、先住民への技術の伝授により、その土地の開発であった。例えば、四世紀までに大和から全国に送り込まれた「国造」の一族は、その土地を言葉どおり開発して豊かにした。これと同様に、朝鮮における鉄道及び道路整備、発電所の建設、都市整備は日本人により優先的に進められ、これに、各地、各階層の移住した日本人の民力による都市作りは、疲弊していた土地力を一気に高めていた。

旧民法においては、女性は無能力者であり、子供と同じく戸主の監督下にあったから、女性の地位というものの向上など、考えるべくもない時代であったが、欧米文化の導入は公式の席での男と対等な思想も伴い、女性の社会的地位の向上は著しく伸びた時代である。優れた女性の進出した、また進出のきっかけの醸成されたのも大正中期である。

女性の職場進出も、職業婦人という偏見はあるにしても、年を追って確実に増加していたのは社会的必然性、つまり産業の隆盛と複雑化に伴い、職業婦人でなくてはできない仕事が増加していたためである。

美代も今年から郵便局に電話交換手として勤めている、モガと云われたモダンガールであった。電話の普及に伴い、交換手が当然に必要になるが、賃金が安くて男の仕事として不向きであったし、朝鮮語も話せる人が好ましい。美代は若くてその条件に合っていた。

美代は勤先での出来事を家に帰ってきてから、奈美にあれこれと話して聞かせた。大人の話は面白くもあり、判らないこともあった。

大正十年十月二十四日、この日は月曜日。奈美は子供のくせに新聞を読んでいた。善次郎が側にやってきて、上からのぞき込んで、大きな驚きの声をあげた。

「燁子(あきこ)の絶縁状だと、ちょっと見せろ…」

善次郎は、奈美から夕刊をひったくるようにして取りあげて、

「へえーッ、うーん、へーっ」

と幾度も大きくうなって、新聞を食い入るようにして読んでいる。奈美は三面記事を読んでいたので、まだ二面トップのその記事はまだ読んでいなかった。何事だろうと興味を覚えて、奈美は善次郎の後ろに廻って新聞を覗きこんだ。大阪朝日新聞の二面トップには、燁子の大きな写真と共に、二段抜き初号活字で、

良人伝右衛門氏に送った
燁子の絶縁状の全文
愛なき結婚と夫の無理解が生んだ
妻の苦痛と悲惨の告白

という大見出しがついている。この頃の新聞にはルビが付ってあるから、小学生でも読める。燁子というのは、歌人として有名な柳原白蓮のことで、実兄（異母兄）は貴族院議員柳原伯爵である。

「えらいことをするもんだ…」

善次郎は、呆れたようにつぶやいた。大正デモクラシーの世だといっても、一私人の、それも空前絶後、妻から夫への絶縁状の全文が、公器たる新聞に掲載されているのであるから、

善次郎ならずとも、びっくりするのは当然である。

筑紫の女王白蓮の名は、美代がよく話題にしていたので、奈美もよく知っていた。また朝刊にも第一報が載っていた。とかく明治憲法、明治民法は悪かったと思っている人がいるが、公器の新聞を使って、女性の人格的尊厳を問題にしている自由さが注目される。

燁子の愛人として新聞に書かれた宮崎竜介法学士は、この頃人権闘争をやっており、この絶縁状を書いた人物だとされている。

「燁子も、所詮は芸者の娘だなあ。貧乏伯爵のお姫さんも、炭鉱成金に買われたようなもんだから、可哀想と云えば可哀想だが、こげに世間を騒がすようでは、やっぱりな、と素姓が知れるなあ…」

そういう善次郎に対して、美代は、

「伊藤伝右衛門さんは、屋敷に妾を何人も住まわせているそうじゃないの」

と娘らしく燁子に同情した。

「あの宮崎とかいう男、人権擁護家と云われているようじゃが、伊藤さんをこけにしとるなあ、ありゃ人権侵害じゃないか。己のご都合主義で人権なんぞ、ほざくんじゃない」

善次郎は、かなり批判的であったし、世間でも批判が高まり、この話は、全州でも何時までも話題になった。炭鉱王といわれた伊藤伝右衛門ではあるが、身分の低い成上り者が、事もあろうに伯爵家のお姫様を妻にした事に対するやっかみが、そして嘲笑が、複雑に交叉して、いろいろな噂が噂を生んでいた。

「あんね、あんね、伝右衛門さんはね、金さえあれば何でも買える。金で買えない物はないって豪語したんだって。そいでね、そんなら、今有名なあの白蓮を買って見ろよって悪友に言われて、そんなら買えるか買えんか、買ってみせようじゃないか、ってことになって、とうとうお嫁さんにしてしまったそうなの。そいでね、今度のことで、伝右衛門さんはね、白蓮の心まではお金で買えなかったことが判ったって、友達に云ったそうよ。さっと身を引くところはさすがよね」

美代は職場での話題を、その興奮の余韻を残しながら奈美に話すのであった。

やがて時が経ち、哀調を帯びた「船頭小唄」の流行に乗って、この替え歌（作者不詳）が全州で流行した。

　銅（あかがね）御殿の燁子女史
　お家のために筑紫入り
　私は好きです宮崎法学士
　好いて添われぬ篭の鳥

和歌が命の白蓮に
振られた伝右衛門枯れすすき
黒いダイヤの光失せ
天神参りの涙かな

権力のない庶民は、狂歌や川柳、替え歌などで権力を風刺する伝統がある。この替え歌も、また誰の作かは判らないが、庶民の特権階級への風刺である。庶民にとっては、燁子の不倫としてしか映らない。その不倫を実家の伯爵家を傘にし、夫を悪者として新聞で晒し者にして、己の家出を正当化しようとしているものと、庶民の正義感が感じるのであろう。文学の神、天神様に和歌が詠めるようにと通う伝右衛門、という替え歌の設定も、白蓮燁子の、無学な伝右衛門への蔑みとして、この事件が捉えられているものといえる。

大人のことはよく判らない奈美にも、美代などの話を聞くにつけ、伝右衛門に同情し、奈美は伝右衛門が天神様に通う姿が、目の前に浮かぶようでならなかった。

この事件により、柳原伯爵は貴族院議員を辞職せざるを得なくなったので、燁子は所詮芸者の娘で、親不孝な娘としても世間から白い目で見られた。そのことはまた宮崎法学士の行為は、柳原伯爵家に恥をかかせたならず者との評も出るに至った。

この燁子は、昭和四十二年に、八十三歳の波乱に満ちた生涯を閉じた。筆者の質問に、夫は、ハガキで、もう古いことですから、と筆者に伝えてきていた。

大正十一年、朝鮮地方に教育令が布かれ、これを受けて全州高等女学校設立の動きが高まった。一方、政治経済は内外ともに暗い年であった。

出雲の実家から善次郎に、渡辺家に養女にやっていた美園が病死した、という知らせがあったのは、奈美が五年生になった四月の中旬であった。美園はまだ十三歳であったが、手紙に病名は書かれていなかった。母親に似たひ弱な娘であったから、結核であったのかも知れなかった。

善次郎は何も云わなかった。眉を大きく動かしながら手紙を読んで、そのまま手紙を懐にねじこんでしまった。何もしてやれなかった不憫な娘と思ったのであろう。顔には出さないで、心では泣いていたのかも知れなかった。鼻に大きな皺を深く寄せて、何時もとは違った激しい調子でスパスパと荒っぽく煙草を吸った。コンコンと激しく叩くキセルの音が、奈美には強い悲しみとして感じられた。

奈美も渡鮮前に、一度ではあったが、美園とお互いに顔を見合わせているので、彼の笑顔が何時までも目に浮かび、口では云い表せない悲しみを抱いた。善次郎は美園の四歳の時に別れたきりで、その後は一度も会っていない。その点では情も薄い筈であったが、逆に切なさが強まった。奈美が全州に来た時に、バッパが云った通りに、美園は母トヨに似ている、と奈美が伝えたので、善次郎はトヨの面影を想い出し、美園を想像したにすぎなかった。しかし、母親似の美知を亡くし、美園も引取るつもりでいた善次郎は、かなりのショックであったように奈美には感じられた。

「奈美や、奈美が来るときに、美園はおっとさんのこと何ぞ云わなんだか」

夕飯の時、善次郎はポツリと云って、額に深い皺を寄せた。奈美とても内地を発つ間際に初めて会い、ほんの一瞬、顔を見合わせたにしかすぎない。

奈美は、やっとの思いで、障子の隙間から部屋の中をのぞいた時の事を、ボソボソと話した。翌日、善次郎は渡辺家に美園の葬式費用を送った。

二、三日、善次郎はショボンとしていたが、急に遊廓通いが激しくなった。

遊郭は、相生町の、全州川の堤防のすぐ内側に、数軒並んであった。そこに生活する女達は、李朝時の賤民と云われる階層の民の子女である。韓民にはまだ身分階級がそのまま残っているので、資産も働くための知識にも恵まれなく、食べるために、貧しい家庭の娘は、淫売と蔑まれて歓楽界で密やかに生きていた。

「おっとさん、また遊廓ッ」

美代が、善次郎の背に鋭く声を刺す。

「う、う、うっ…」

善次郎は、低くうめき、少し気が咎めたようであった。それでもジロリと振り向いて、

「余計なこと云うなっ…」

照れ隠しに怒鳴って、美代を険しい表情で睨み、プイと外へ出かけて行った。そういう父を見るのは、奈美にはとても辛くて悲しいものであった。母が居たならば、と母の面影を美園の面影に重ねるのであった。母の死は、誰の責任でもない。強いていえば貧しさのためで、その時代では、逃れられない運命である。奈美の不幸せのみならず、善次郎の人生も、普通の家庭に恵まれず、根底から崩れている。

大正十二年九月一日、この日は二百十日の前日にあたり、全州でも朝から小雨まじりで風が不気味に吹いていた。丁度土曜日なので、奈美も美代もお昼過ぎには家に帰って来たが、その頃になって風も止んで、ムッとした台風直後の特有の蒸し暑さが感じられ、何か変なことが起りそうだね、と二人して話をしていた。

丁度その頃、内地では東京を中心に、関東大震災が起っていた。

翌日、新聞を一番先に開いた奈美は、驚きの声をあげた。

「大変、大変よ。大地震があったのよ。東京が全滅だってよ…」

奈美の声に、善次郎も美代も何事かと跳び起きて、奈美の差し出す新聞を奪いあった。

新聞の伝える処によると、震源地は相模湾の北西部であり、震度は、現在でいうところのマグニチュード七・九という激しいものであった。関東一円で五十二万八千戸を焼き、死者十万余名、負傷者十万四千余名、行方不明者四万四千を数えた。その推定被害額は六十五億円に上っているということである。

「大事になったものだ…」

善次郎は、正座して、ボソッとつぶやいた。

「これじゃ、日本の経済はメチャクチャになる。不景気になるぞ。山本内閣が組閣中だというのに、この先どうなることか」

善次郎は自分の家を失ったような、ガッカリのしようであった。

奈美は小学六年生、翌日学校で友達に地震のことを話したら、級友は眼を丸くして驚いていた。大人でも新聞を読む人は少ない時代なので、無理のないことである。新聞は続々とニュースを届けた。それを奈美は級友に話して聞かせた。級友はその話を楽しみにしていて、自分の家族に話して聞かせている人もいた。

内田首相代理は、急拠、震災救済資金九百万円を臨時支出した。二日の夜、山本内閣が成立し、相次いで治安維持令、暴利取締令、支払延期令、手形割引損出補償金支払令、を出した。

東京に戒厳令が敷かれ、その中で、組合活動弾圧のため、南葛飾労働組合員を亀戸警察署で銃殺した亀戸事件、警備不手際の非難回避のために、多数の朝鮮半島人を殺したといわれる朝鮮人虐殺事件、無政府主義者大杉栄らを甘粕正彦憲兵大尉（昭和二十年八月二十日、満洲国新京満映本社で自殺）が扼殺した大杉栄事件などが、相次いで起った。

新宿駅に保管されていた六千俵の米も、非常徴発令によって放出されると共に、アメリカを初めとして、世界各国から救援物資が日本に送られてきた。奈美らも学校で寄付を集めて送った。

また、十月に入ると、学校の唱歌の時間に、「関東大震災の歌」（作者不詳・奈美の口伝から採録）が教えられ、奈美らは歌わされた。

「関東大震災の歌」

大正十二　九月一日
二百十日の厄日の真昼
天地崩るる勢いに
地はグラグラと震れだして
関東地方の郷々は
類稀なる大地震

昨日は誇る巨万の宝
今日は家なきこの儚さ
親子同胞　散り散りに
露も防げぬバラックで
明日の米無き身を嘆く
哀れを誰か泣かざらん

この歌を訓導が一生懸命になって教えるのであるが、生徒はクスクスと笑っていた。

ミミララ　シシシ　ドドファラ　ファ　ファ　ミ
ミミラシ　ドドシシ　ファ　ファ　レミ　ファ　ファ　ミ、　ときて、次のシシシシシラシドというところが、奈美達にはとてもおかしくてならないのである。ここの処に来ると、皆は笑いだしてしまい、音程が崩れるので、訓導は、やっきになって、大声で、

「はい、もう一度、やり直し。シシシシシ、シラシド…」

そう云うと、生徒達はまたクスクスと笑い出す。十三歳という年頃は箸が転んでもおかしいのである。確かに、シシシシシ　シラシド　というのを聞いていると、シシシンシロシロと

聞こえてくるから、笑い出すのも無理のない事であった。訓導も心得ていて、怒りもしないで、その三十すぎの中山先生は、生真面目な顔をして教える。その真面目な顔つきが、また生徒達にはおかしいのであった。それだけに、奈美にとって、このことは小学校での忘れられない想い出の一つとなった。

第二章　奈美の青春

全州高女

大正十三年、全州公立実科女学校が全州公立の四年制高等女学校に昇格した。この年、小学校を卒業した奈美は、大正町七丁目にあったこの高等女学校へ第一期生として進学した。月謝は三円。実科女学校時代の居残りの三年生と、新入の一年生だけの授業が始まった。奈美にとっては一番幸せな時期であった。

善次郎の仕事も順調のようであった。美代は自分も女学校に行きたかったと云いながらも、郵便局勤務の方も楽しそうで、おしゃれを楽しんでいた。

奈美は美代のお下りの紺袴を履いて、編上の革靴を買って貰った。入学記念の写真を撮って奈美は出雲のバッパに送った。こんなに大きくなったと、バッパに、育ててくれたお礼を書き添えた。バッパからはすぐに、あまりにも立派になっていて嬉し泣きをしたとの返事が届いた。自分の孫達は上の学校にあげられないのに、奈美が女学校に上がったということが、自分が育てた奈美が…と自分の事のように嬉しくて、親類中や近所に話したとも書かれていた。その手紙を読むにつれ、奈美はあの出雲での貧しい生活が思いだされ、その中で歳老いて行くバッパの事が、むしょうに哀しかった。

校長先生は岡山から赴任してきた北村一夫である。赤茶けたカイゼル髭を生やし、長い馬

面で頭は禿あがっていた。入学式の時に、

「私が校長の北村一夫です」

と名乗りをあげて、

「我校では質実剛健を宗としております。そもそも我が校は、将来の日本を背負う優れた子供達を育てる、立派な母を教育するために設立されたものです。女に教育など不用だという考え方は、現代ではもう古いのです。立派な男子を育てるには、その家庭を預かる婦女子が高等教育を受けて、高い教養を身につけていなければなりません。諸君のご父兄は、それをようやくご理解されて、諸君を我が校に入校させたのであります。諸君は女性ではありますが、鉄の棒を真綿でくるんだような女性になってください」

と長い訓話を結んだ。

この校長は、士族らしく、なかなかの無骨者であった。校章のバッチなどは、せいぜい直径一センチ五ミリぐらいが普通なのに、この校長は、上下の高さ十センチもある大きな菱形の枠の中に「全高女」と浮き彫りをした、とてつもない大きなバックルを作り、これを女生徒の袴の紐につけて、腹に付けさせたのである。

「こんなに大きいのよ、まるで看板だわよ」

奈美はそれを教室で受取ると、放課後に皆で不満そうに嘆き合い、家に帰ってからでも、

「こんなに大きいのを、ここにつけるのよ、恥ずかしいわよ」

と泣き面をするのであった。善次郎も、唸るような低い声を出したが、黙って頭を前後に揺らした。美代は、ゲラゲラと大声を出して笑い飛ばした。父兄の中にも、

「これはひどい。女の子なんだから可哀想だ」

との声もあがったが、北村一夫は、

「よいにつけ悪いにつけ、このバックルは大きいので目立ちます。我が校の生徒のおこないは一目瞭然となります。校章に誇りを持って下さい」

と云って、とりあわなかった。奈美もいやいやながらも、その大きな金看板を、毎日腹にくくり付けて学校に通うことになった。

ところが、東京お茶の水女子高等師範学校を一、二番の成績で卒業したという柳井節先生が、故郷の甲府から二日遅れで赴任してくるや、その野暮ったい金看板のバックルに目を丸くして驚き、

「校長先生、あれは少し可哀想ですね。一番おしゃれをしたい頃ですから」

柳井先生は校長に、その大バックルを使用することを停止するように具申したが、

「柳井君の気持は判らない訳でもないですよ。しかし、我が大日本帝国の現状を鑑みるとき、女子といえども、女々しい気持は捨てて貰わなければいけない。我が校は、お嬢さんの花嫁

学校ではありません。強い日本男子を生み育てる質実剛健な未来の母親を教育するために開校されたのです。おしゃれも結構ですよ。だが、校章の大きなことは誇りにこそ思え、恥ずかしいという気はおこらないと思うのです。誰れが何と云っても、あのバックルは、本校の生徒だけしか着用することはできないのです。君はどうですか」

「はい、ごもっともです」

柳井先生は引きさがるよりほかなく、そのことを先生は奈美達に話して聞かせたのであった。

修身は校長自ら教えた。この校長のあだ名は、誰云うともなく「狸親父」となった。狸にカイゼル髭は似合わないが、下り目で耳が丸く、猪首であるところは狸に似ていなくもない。なによりも、トボケた、人を食ったような処が、狸のイメージを生んだのかもしれなかった。人の意表を突いた大きなバックルを作ったのも、人を食ったおトボケぶりの一端を表しているものといえる。

「皆さんは、もし道路の真中に大きな石が転がっていたとしたならば、どうしますか。石を拾いますか。それともそのまま放っておきますか」

北村校長は、真面目な声でそう聞いた。それが皆にはとってもおかしいのである、誰れも声を出さずに、じっとして下を向いている。修身の時間だからといっても、多くの生徒の中には、プウウーッと大きな、しかも長々と尾を引いた屁を出す者もいたが、皆はジイッと下を向いて笑いをかみ殺している。そして皆は、校長がどんな顔をするだろうかと、大いに興味を抱いて、顔をあげずに目の玉だけキロキロ動かし、上目使いに校長の顔を盗み見るのであるが、校長はいたって平静な顔をして、

「はい、大石さん、あなただったら、どうしますか」

と生徒を指名する。指名された生徒が立って、

「はい、拾って、道の端に片づけます」

当り前の返事をすると、

「そうですね。あなたはよく知っていますね。その通りです。大きな石が道路に転がっているると、歩く人の邪魔になりますし、もし、つまずいて転んだら、怪我をしてとても危ないですから、そういう石を見つけたら、すぐに拾って道の端の方に、人の邪魔にならないように片づけましょうね」

こんなことを表情も変えずに、すまして云うのであるから、校長は、やはり偉かったのかも知れない。だから皆は、修身の時間も割に面白かった。奈美はこの校長に親しみを覚えた。

それに引き代えて、柳井先生の英語の時間はとても怖かった。ＡＢＣも習わないうちに、第一時間目から、

「オープンユァ　ブックス　ページ　フア、アンド　リードプリーズ　レッスン　ワン」と生徒を指名したから、指名された生徒はもちろん、皆は度肝を抜かれた。指名された生徒が判らない、と答えると、

「あなた方は、英語を勉強する気があるのですか、ないのですか。勉強というのは、ただ教室で先生から教わるだけが勉強ではありません。皆さん方は、もう小学生ではないのです。高等女学校の生徒ではありませんか。家で予習をしてこなくってどうしますか。判らないことがあったら、どんどん聞きにいらっしゃい。先生の家に来ても構いません。授業についてこれない人は、どんどん置いて先に行きますよ。判りましたねっ」

生徒は、ただ唖然としている。

「判ったのですか、判らないのですか。判ったのなら、ご返事をなさい」

柳井先生の英語の授業は、こうして始まった。初めは怖いという印象であったが、教科書に出てくる単語に関連する会話やジョークをときどき交えたので、聞いていて面白かったし、単語も覚えやすかった。これが生徒には非常にうけた。あだ名も柳井先生は「スマートさん」と付けられて人気を集めた。

女学校の教師は六人で、生徒は三年生が二組、一年生が二組、一組五十人で合計二百名であった。奈美が四年生になったときには四百名になるはずである。奈美の級には半島出身者

が七人もいて、いずれもヤンバンの良家の娘であった。

音楽の中枝先生はバイオリニストで、色白の美男子。奈美らは、「埴生の宿」を最初に習った。ピアノを奏でる細長い白魚のような指が非常に印象強く、色気の出始めた女学生の間で人気は圧倒的であった。

課外活動は運動部、演劇部、園芸部、の三部があり、奈美は運動部に入って、コーチの柳井先生にテニスを教わり、奈美もよく先生とダブルスを組んだ。

「奈美さんは、もう少し背が高いと本当に申し分がないのですが、躰がよくきくし、打ち込みも正確です。もう少し胸を張るようにするといいですよ」

柳井先生に色々とアドバイスを受けた。帰り道は奈美も同じなので柳井先生と一緒に帰ることが多かった。

「私はチョコマンだからねぇ、もう少し背が高くなれたらいいんだけど」

奈美がそう言うと、柳井先生は、

「ねえ、その、チョコマンってなんのこと」

「えっ、あらいやだ。小さいっていう意味です」

「ああ、そういう意味なの。ときどき朝鮮語を混ぜて使う人がいらっしゃるでしょう。何のことかと思っていたの。『それなんのこと』って聞きずらいでしょう。奈美さんは何時から全州に？…」

「私は大正九年からです。父は明治からですから、詳しいんです」

「そうなの。今度、朝鮮語を教えてね」

柳井先生は真顔でそう云った。それが奈美にはとても嬉しかった。テニスをして腹をすかして帰る奈美は、帰るなり残り飯を梅干だけでかき込んで食べる。そんな食べ盛りの奈美が居るので、家では一月に二斗の米でも足らなかった。

「よう食べるなぁ。腹も身のうちだげに」

善次郎がただ呆れていた。

夏休みも終り、やがて十月となると、各学校で運動会が開かれる。娯楽の少ない時代なので運動会は街人の楽しみの一つであった。とりわけ女学校の運動会は花恥ずかしい娘ばかりの素肌が見られるとあって、呼び物の一つであった。

羽織袴でサッソウと登校する女学生は、若い女性の羨望の的であり、男性の憧れの的であったが、運動会には、そのふくよかな大腿を陽に晒そうというのであるから、日程が決まると、もうその日を心待ちにする人も街内に多かった。

「運動会にゃ、わしも出てみようか」

善次郎は、すっかりその気でいる。

「恥をかかない方がいいよ」

美代がたしなめる。

「馬鹿にするんじゃない。わしだって、駆けっこは一番だったんだ」

善次郎は自分の小学校時代を思い出しているようであった。

「ユニフォームは着てみたかい」

「まだよ」

「着てみろ。街じゃ、えらい評判だ。さすがにお茶の水高等師範出の柳井先生がデザインしたものだ。白シャツとショートスカートのコンビネーションに黒い腰紐というのが、なんともモダンだ。運動会は、さぞや見ものだろうなぁ、こりゃ、楽しみだ」

「いゃあだ、おっとさんたら、いゃったらしいんだから…」

美代が善次郎にそう云いながらも、

「あたしも着たいわ。奈美、ちょっと着させてよ、ね、いいでしょう」

とはしゃいでいた。運動会は日曜日なので、土曜日には、美代が自分の運動会のようにはしゃいで、夕方には寿司作りの用意をしている。善次郎も夕方帰って来ると、

「明日はいい天気だ。回り道して測候所の吹き流しを見てきた」

と嬉しそうで、子供のように、うきうきした表情で、ゴザの用意をしていた。

当日は七時に花火があがった。知事も来賓として出席する。奈美は早目に出かけた。にもかかわらず、もう校庭には多勢の父兄がつめかけて見物席にゴザを敷いていた。

開会式ではユニフォーム姿のパレードに、父兄の間から驚嘆の声が聞こえた。知事の祝辞も、新しいユニフォームに中心を置いて、

「これはまさにモダンの一言に尽きるといえましょう。昔から、衣食足りて礼節を知ると云いますが、内地でも見られないこのユニフォームのモダンさは、また皆さんの心身をモダンにし、それは近代国家を、そして近代全州の将来を担う諸君にふさわしく、ますます発展させる基になるものと期待する次第です」

と大変な賛辞であった。父兄達も、そのことが自慢でもあり誇りであり、見知らぬ隣同士でうなづきあい、満足そうであった。

応援団が鳴り物入りで、場内の興奮を賑やかに高めた。中でも社会科の財前花子先生は、大きな躰をゆさゆさ振りながら、大きな声とジェスチャーで、

「赤組は、勝ち勝ち勝ちの、勝ちどおし。ヘボのけヘボのけ、オッチョチョイノホイ」

と面白い囃子で見る人を魅了していた。

善次郎は、オシャモジでボールを運ぶ競技に飛び入りで参加して一等になり、美代を興奮させた。奈美は百メートル競走で四等になった。

やがて秋の深まりと共に、山々は紅葉に染まり、渡り鳥の姿も多く見られ、鍋鶴の群もよく見かけるようになった。十一月には学校の制服が決まった。鬼サージといわれる丈夫な紺色の生地で、しゃれた開襟の上着にフレアスカートの組みである。一着十六円三十銭である。羽織袴を脱ぎ捨てて、その制服を着た時には、奈美は何か自分が偉くなったような錯覚に陥ったのである。

「皆さん、どうですか。洋服を着た感想は。私も初めて服を着たときには、自分が急に偉くなったような気持がしたものでした。それでいいのです。今日の世界情勢から推してみても、女だからといって、女々しい考えではいけません。皆さんは明日を背負って立つ近代女性であり、将来を担う子供達のよき母になってもらわねばならない人達です。皆さんがより近代的で、質実剛健な女性になるという認識を新たにして貰うという意味で、全州内外で率先して洋服の着用を決定したのです。判りましたね。その制服を着ることのできるのは、全州では皆さん達だけなのです。誇りを持って心身の錬磨に励んで頂きたいものです」

朝礼でも校長先生にそう云われると、皆もそういう気持になるのであった。この洋服には、さすがにあのバックルはつけず、小さなバッチを洋服の襟に付けることになった。

全州の冬は寒い。柳井先生は二十二歳の若い美しい盛りである。ピンクのマントルを翻してさっそうと登校した。これを見ようと、通り道に待ち受けている人もいるぐらいに話題になった。奈美はテニスの練習で遅くなって、柳井先生と一緒に帰ることが多かったので、この待ち伏せに合うことがよくあった。それらの人々は種々雑多である。噂が噂を呼ぶのであった。

ある日、道立病院の近くまで来ると、工業学校の生徒が数人、奈美の横を後の方へ通り過ぎた。と聞き馴れない歌声が聞こえてきた。校歌をもじったものであった。内容は拙劣な歌である。奈美はキッとして後ろを振り返り、学生を睨み付けたが、柳井先生は、

「放っておきなさい」

と一言いっただけである。しかし、この歌は、また街で有名になった。

「奈美や、お主、柳井先生と一緒だったそうだな。変な歌がはやっているそうじゃないか。先生と一緒に帰るのは止めろ。為にならん」

突然に善次郎が云い出したので、奈美はびっくりして詰問した。

「どおしてよ。あんな歌、工業学校の不良が勝手に歌っているのよ」

奈美は抗議したが、善次郎はガンとして聞き入れなかった。

「いいじゃないのよ。あの色、とってもいい色よ。私だって着てみたいよ。蓑虫みたいな色柄ばかりじゃ、うんざりよ…」

と美代は、かなりの関心があることを示した。ところが一週間目に、突然父兄代表数名が学校に押しかけたのである。

「ねねっ、聞いた聞いたァ。スマートさんのピンクのマントルに、父兄代表が抗議に来たのよ。どうなるかしらねぇ…」

学校中が蜂の巣を突ついたような、大騒ぎになった。

「大丈夫よ。あの狸親父さんが、そう簡単に引き下るもんですか。ころころっと化かすに決まっているわよ。大体、あの父兄達は古いのよ」

休み時間には大変な騒ぎになった。父兄代表と称する一団五名は、いずれも口髭を蓄え、紋付き袴の正装で校長室になだれこんだ。彼らの主張は、ピンクのマントルのピンク色がなまめかしく、風俗を乱し、女子の教育上好ましくない、というものである。これには、さすがの校長もムッとして、

「お言葉ですが、あのピンクのマントルは東京、大阪で普通に着られているのですよ。普通のマントルです。どこがなまめかしいのですか。なまめかしいというのは、あなた方が、ピンクという言葉だけで桃色遊戯の不純な想像をするからではないのでしょうか。ピンクというのは、桃色のことです。桃の節句は女の節句です。その桃色のマントルのどこがいけないのですか。桃色が悪いとおっしゃるのでしたら、桃の節句もお止めなさい。ここは全州府で

す。支那(しな)（China のこと）や満洲の山の中の田舎ではないのです。いやしくも、全高女のご父兄の皆さんは、もう少し、モダンな考えを持って女子の教育に当って頂きたいものです。あの柳井君は、モダンです。そのモダンさのシンボルがあのピンクのマントルでもありましょう。誇りにこそ思え、決して非難すべきことではないと思いますがね。それとも何か不都合な事を、柳井君がなさいましたか。あのマントルを着用している限り、人目につきます。全州中の人の目が光っています。悪いことはできないでしょう。さ、どうぞお引取り下さい」

校長は穏やかに云った。父兄代表達は毒気を抜かれたように、すごすごと帰った。授業中、奈美はスマートさんのことが心配でならなかった。次の時間は家庭科である。先生が教室に入ってくると、皆は一斉に質問した。

「先生ッ、どうなりましたでしょうか。父兄代表は、何と云って来られたのでしょうか」

「どうもしませんよ。お静かになさい…」

先生は何事もなかったように静かに云った。その落着いた顔を見て、奈美は何事もなかったのだと思ってホッとした。そのとき、けたたましく大川カズヨが、教室にかけ込んできた。大声を張りあげて、

「ね、ね、帰ったわよ、父兄代表が、すごすごと帰ったわよ」

皆がシンとしているので、大川カズヨはキョトンとして教室を見回し、先生の姿を認めて、

亀の子のように首を縮めて、ヒョコヒョコと自分の席へ駆けた。

このことがあって、そのピンクのマントルは、大正デモクラシーの風に自由にはためき、全州の若い女性のファッションに、近代化をもたらせたのであった。

大正十三年、三月二十二日に朝鮮放送協会京城放送局から、ラジオ放送が開始されることになった。全羅北道では裡里に放送局が開局された。開局記念日に奈美らは局で合唱することになった。

女学校では実科時代の居残り生が卒業したので、四月から三年生になる奈美らが最高学年となったもので、開局記念日には音楽担当の中枝先生に引率され、汽車で裡里の放送局まで行き「埴生の宿」を合唱した。また中枝先生はバイオリンによる「ダニューブ河のさざなみ」を独演した。

郵便局にラジオが設置されたので、美代は前日からそれを聞くのを楽しみにしていた。

「わしも聞きに行きたい。局長さんに頼んでみてくれ」

と善次郎も楽しみにしていたが、その筋の人が集まるのでだめだといわれて、善次郎はガッカリしていたが、その当日、善次郎は自分が建てた道庁の会計課長の家に行き、課長についていって、ちゃっかりと聞いていたのである。

「いやあ、不思議なもんだ。裡里で歌っている奈美の声がよく聞こえた。モダンになったもんだ。ピンクのマントルがどうのこうのと云っていた頃が嘘のようだ」

と、善次郎はしごくご満悦であった。

「おっとさんたら、呆れちゃうんだから。どこから入ったのか、ちゃんと後ろに来ているんだから。でも、本当、奈美の声がよく聞こえたよ」

美代も興奮冷めやらぬ風にそう云った。奈美の声が判る筈がないのに、と奈美は思ったが、喜んでいる二人に話を合わせていた。この年、朝鮮各地で抗日ストが起り、ラジオニュースとなり、すぐに街中に知れ渡った。

この頃になると、五十人いた同級生も移転したり、家の事情で一人退め二人退めして、もう八人も減ってしまった。奈美の学業成績は上から五番目以内であったので良い方であった。級長は一年生からずっと宮内初子が勤めていた。奈美は初子とは仲良しであるが、ライバルでもあった。どうしても成績を抜けない。ただ、体操と英語は負けていないという自負があった。学科はだんだん難しくなってきたので、奈美はテニスの練習も減らして予習復習に力を入れた。

この頃、奈美が学校から帰ってみると、善次郎がよく眠っていることがあった。どこか悪いのか、仕事を休んでいるようである。心配して聞くと、何とも答えなかった。

　そのくせ、夕方になるとフラフラと出て行って、朝帰りをする。時にはブツブツ独りで憤慨して帰ってきて、自分で布団を敷いて寝ることもあった。それを見ていると、どうやら仕事がうまくいっていないようである。奈美がそれとなく聞いてみると、

「子供は黙って居ろ。親の仕事に口を出すんじゃない」

　といって相手にしない。

「ねえ、おっとさん、このごろどうしたんだろうねぇ」

　美代に相談をもちかけると、

「放っておけばいいのよ。口を出すと、うるさいんだから。一人相撲をとるのが好きで、立ったり転んだり、怪我をしたり、それで疲れたら止めるんだからよ」

　美代は、幼い頃から善次郎の身の回りを見てきただけに、長年連れ添った女房のような科白をいう。しかし奈美には、一人で悩んでいる善次郎が、可哀想に思えるのであった。

　日本の経済は関東大震災以来、年ごとに不安定さを強め、厳しい世界的な金融恐慌が、ジワジワと満ち潮のように押し寄せてきていた。そういう不景気な中で、五十路に入って善次郎は眼も弱くなり、墨付けも寸法を間違えることがあるようであった。寸法を間違えて材木を切ったのでは損害が大きい。

　夏休みになって、奈美は林間学校へ行くのを止めて、善次郎が仕事でよく出入りしていた

本町三丁目の銀杏屋という料亭で、手伝いに来てほしいというのでアルバイトに行った。やがて二月期も始まって、ある日奈美が学校から帰ると、善次郎が客を連れてきていた。奈美が軽く会釈して奥へ行こうとすると、

「奈美、ちょっと」

善次郎が奈美を呼び止めた。

「何を突っ立っている。こっちへ来て座らないか」

そう促されて奈美が渋々と客の前に座って会釈をすると、

「ちゃんと挨拶をしないか。こちら新田さんだ。これからチョクチョク見えることになるから、ようく覚えておいて、そそうの無いように。新田さん、娘の奈美だ。今女学校に通っているが、ほんの子供だ。よろしく願いますよ」

善次郎は奈美を新田に引き合わせた。それまで胡座をかいていた新田は、慌てて正座して会釈を返した。少し堅くなっているようであった。この新田は二十になったばかりであるが、善次郎は自分の請負った建築の設計を頼んでいるようであった。

「おっとさん、お茶を入れます」

奈美が色白で細面、頭髪を七三に分けた新田を横目で見ながら立ちあがると、

「いらんいらん。着物を出せ。遊廓に行ってくる」

善次郎は手を大きく振りながら立ちあがって、仕事着を脱ぎはじめた。それまで二人は仕事の打ち合わせをしていたらしい。間もなく着物に着替えた善次郎は、大きな財布を懐に入れて、新田を伴って出て行った。どうやら善次郎の接待らしかった。

次の日曜日、善次郎の使いで銀杏屋に奈美が行くと、丁度新田が銀杏屋から出てくるのに出逢った。仕事着なので奈美はそれに気がつかなかったけれど、中に入ると、女将さんが、

「今、新田さんに会ったでしょう」

とニコニコ笑っている。

「あの人、新田三郎さんとおっしゃるのよ。お姉さん夫婦が全州に来ていて、音沙汰なくて心配だから行って見てくるようにと、親に云いつかって来たらしいのよ。内地じゃ不景気で大変らしいの。それで、設計が出来るもんで、森口建設に入ったらしいの。今は善次郎さんと組んでいるらしいけれど、善次郎さんは気に入っていて、頼りにしているらしいし、奈美さんのお婿さんにしたいらしいのよ。どう、奈美さんは」

「いやなお女将さん」

「本当なのよ。美代さんにと思っていたらしいけれど、新田さんが入り婿はいやだっていうので、そんなら奈美を嫁に出すって思っているらしいのよ。善い人じゃないの。腕はいいらしいし」

女将さんの口ぶりでは、まんざら嘘ではなさそうであったし、先日の遊廓のことを考えると、それも頷けるので、奈美は恥かしくもあり、感心して聞いていた。善次郎は何も云わないけれど、そんな事を考えていたのかと、内心驚きもし、感謝もした。

その日家に帰ってから、事の次第を美代に話すと、美代はゲラゲラと笑いだした。

「バカだねえ奈美は…。女将さんにからかわれたのよ。あの女将は、そんなことを云ってからかうのが好きなのよ。ほら、よく家に来る高山さん、あの人なんか、女将さんにからかわれたのを本気にして今のおかみさんを貰ったのよ。高山さんには、あの煙草屋の娘が好きだって云っていたなんて大嘘をついて、煙草屋のおナツさんには、高山さんが夜も眠れないほど恋いこがれているなんて云ってさ、何も知らない二人はそれを本気にしてしまって結婚しちゃったんじゃない。気をつけないと乗せられちゃうんだから」

美代は思い出したようにゲラゲラと大口を開いて笑う。奈美もつられて笑いだしたが、奈美には善次郎が娘のことを思っている気持が嬉しかった。

秋　雨

年の暮に大正天皇の崩御があって、短い昭和元年は暗い中に年が明けた。

昭和の元号は「百姓昭明万邦協和」から取ったものであるが、大きくかけ離れた世界情勢へと進展する。昭和二年は金融恐慌が覆うべくもない事実として、国民生活の上に重くのしかかり、四塩化炭素のように国民を窒息させようとしていた。

この恐慌は第一次世界大戦の反動による世界的なものであるが、更に拍車をかけたのは、党利党略に終始する無能な政党が、奢侈逸楽を事としている財閥に牛耳られ、国民を無視して国民のための政治を忘却していたためとの、批判もささやかれていた。

全州における景気も当然に悪かったので、善次郎は少し荒れ気味で、正月早々に朝帰りをした善次郎と美代は口喧嘩を始めて、奈美は気が重かった。

「奈美さん、何処か悪いの。顔色が悪いわよ」

学校で級友の山本展子が心配そうに聞く。

「ううん、何でもないの。寝不足なの」

「そう、そんならいいんだけど、少し元気がないわ」

快活な奈美が、少しぐらいのことでクヨクヨしないことを知っている展子は、本当に気になるらしかった。

そんな三月も近づいた或晩六時ごろになって、新田がひょっこりとやって来た。

「お父さんはおられますか」

奈美が玄関に出ると、新田は強面で突っ立っていた。

「はい、おります。どうぞ、お上りになりませんか」

奈美が居間に戻って、善次郎に新田の来訪を告げると、善次郎は不快そうに顔をしかめて奈美をみてから、手にしたキセルを火鉢の縁でコンコンと激しく打ち付けて、

「何の用だ。今ごろ…」

吐き捨てるように云った。新田の来訪を歓迎していない。奈美はちょっと驚いて善次郎の顔をまじまじと見つめた。その時、新田は客間に入って来ていた。

「夜分お邪魔します」

形式ばった挨拶をして、新田は八畳の客間の真ん中に正座した。それに一瞥をくれただけで、居間にいた善次郎はキセルを口へもっていって、返事もしなかった。新田は気を悪くした風もなく、泰然として周囲を見渡した。お茶を持って台所から出てきた奈美は、善次郎がまだ居間で煙草をくゆらしているのを見、何か重苦しい空気にハッとなって立止まり、思い直したように客間に入って、新田にお茶を出した。新田は無言で頭を軽くさげただけで、姿勢を崩そうとしない。

「何の用だ…」

突然に、居間で善次郎がつっけんどんに大声で云った。火鉢に手をかざしたままで、新田

の方は振り向きもしない。

「夕方申しあげたことで…」

居間の善次郎の横顔を遠くから見ながら、新田は静かに云った。

「あの話は、もう終った筈だ…」

「藤野さん、あれは一方的ですよ。私は承知出来ません。あれじゃ、約束が全く違うじゃありませんか」

「約束、約束って云ったって、約束どおりにできるものか。不景気で、右から左と金は取れやしない。わしゃすっかり予定が狂った」

「それは無いでしょう。私はちゃんと予定どおりに仕事は片付けています。私にだって予定があります。あんなに値切られたのでは予定が狂ってしまいます。店の付けだって払われやしません。だめならだめで、初めからそう云ってくれれば、それなりに考えますがね。仕事が終ってから、ああされたんじゃ、仕事なんか出来ませんよ」

そういう新田の語調は穏やかであった。

「払えないといったら、払えないんだ。約束どおりに払っていたんじゃ、こっちゃ損してかなわない。今時、仕事が終ってすぐに銭が貰えるなんざ、めっけものだ」

善次郎はガンとして譲らない。そして、いらいらしながら火箸で火鉢の灰を小突いていた

が、どうなるものかと側に立ってハラハラして成り行きを見ていた奈美に、

「向うに行ってろ」

と善次郎は甲高い声で怒鳴った。奈美は跳びあがって、追われる子猫のようにオンドルへ入った。

「どうしたん…」

雑誌を読んでいた美代が、居間の善次郎の方を覗いて小声で聞いた。

「さあ、支払のことらしいよ」

奈美は顔を曇らせて美代の側にしゃがみこんで、オンドルの掛布団の中に足を入れた。フンと軽く頷いて、美代は布団の中に肩まで潜り込んで、大豆をポリポリ食べながら、

「あの人、少し赤みたいだね」

無責任に云ったので、奈美はジロッと隣の美代を見おろして、

「そんなことないよ。おっとさんが悪いのよ。約束を破るのがいけないのよ」

と云って、純真な奈美の正義感が善次郎の行為を許せなかった。新田が今夜来たのは、善次郎が約束の仕事の代金を約束どおりに支払わなかったので、約束どおりに支払うようにと強談判にきたものである。奈美は耳を澄まして隣の部屋の物音を窺っていた。シンとして二人とも無言である。暫くして、新田の力強い声が聞こえた。

「藤野さん、仕事の終った後から値切ったりすると、今後は誰も仕事をしませんよ。仕事の引受手が居なくなっては、仕事はできなくなるでしょうが。あなたも請負師なら、儲かるときもあれば損することもあることぐらい、承知していることでしょう。私は藤野さんに値切られたくないいんですよ。私のやりとりは皆が聞いていたでしょう。明日には噂になりますよ。私は払ってくれるまで、ここを動きませんから」

そう云った新田は、胡座をかいて腰を据え付けてしまった。今でいう座りこみである。

「勝手にせい」

善次郎は大声で威すように云って、両手でバンと火鉢を叩いて立ちあがると、新田の方を向きもせず、居間から寝室へと入った。このやり取りは、善次郎のやり方は前世代のやり方で、新田は新しい世代の考え方で、世代の違いであり、善次郎は新しい世代にとって時代遅れになっていたのである。

「また荒れている。あれですぐに腰砕けになるんだから」

美代が独り言のようにボソリと云った。奈美は小さく頷いて見せたが、胸の動悸が激しく高鳴ってくるのを抑えようもなかった。

三十分ほど経ってから、奈美が心配になって客間に顔を出すと、新田は腕組をして眼を閉じていた。奈美が近づいても知らぬ顔をしている。奈美は新田が気の毒でならないが、どうすることもできなくて、注いだままになっている茶碗を盆に乗せて引きさがり、新しいものを出した。

オンドルで教科書を展げてみたが、奈美は客間が気になって何も頭に入らなかった。どうしているのか、善次郎も新田も何一つ音をさせない。夜は次第に更けて、大通りの物音も聞こえなくなった。ときどき冷たく重い風が、カタカタとトタン屋根を小さく鳴らした。時計の時を刻む音だけが、馬鹿に大きく聞こえると思ったら、何時の間にか美代はオンドルに入ったまま、布団も敷かずにグウグウと眠っていた。十時過ぎに奈美は再び客間へ入った。

「火鉢の側に寄りませんか。座布団をあてませんか」

奈美の声に、新田は細く眼を開いて、

「いいです」

短く云って眼を閉じた。奈美は言葉につまり、台所へ出ると、炭箱をとって客間へ戻って火鉢に炭を継ぎ足した。その足で善次郎の部屋に入って、

「おっとさん、どうするの…」

奈美は善次郎の側にしゃがみこんだ。善次郎は座布団の上に胡座をかいて、着物を着たまま、掛布団を背中からひっ被っていたが、

「放っておけ。そのうちに帰るさ」

吐き捨てるように云ったものの、奈美が来たことで内心ホッとしているようであった。寝るでもなく、そんな格好をしていたのは、やはり気がとがめていたためであろう。そして慌てて着ていた掛布団を脱いだ。

「風邪ひくよ。オンドルに入ったら」

「ああ…」

うなずいたが、善次郎は動こうとはしなかった。仕方なしに奈美はオンドルに戻った。こうなると善次郎と新田の根競べということになる。奈美にとってはとんでもない迷惑なことであった。

やがて十一時にもなると、空気はめっきり冷え込む。とうとう善次郎は新田に根負けして、ノソノソと客間に出ていった。眼を閉じて座っている新田の顔を横から盗み見るようにして通り過ぎ、火鉢の側に座った。いらいらしたように火鉢の中を火箸で突いていたが、おもむろにキセルにタバコを詰め、せわしげにスパスパと喫った。善次郎は良心の呵責に堪えられないというようなそぶりで、落着き無く首を左右に動かし、言葉を切り出すチャンスを窺うように、口をモグモグ動かしてみる。キセルを口へ持っていこうとして、途中で止めて、気になるのか、ソッと新田の方を向いてみる。だが、新田は知らぬふりをして、眼を閉じて座っていた。

やがて大きなため息をついた善次郎は、あたかも恋人に告白でもするような、恥じらいを含んだ声で、静かな口調で云った。

「わしゃ負けたよ、新田さん。払うよ。約束どおりに払うよ。云われてみりゃ、確かにお前さんの云う通りだ。職人は日当で生きている。日当の善い方へ行くのが当り前だ。昔はこんな事はなかった。世の中が悪くなったんだ。まぁ、これに懲りずに来てくれやぁ」

これを聞いて新田は眼を開き、跳びあがって善次郎の側に駆け寄ろうとしたが、しびれを切らしていて、よろけてドタンと手を畳に打ち、這いずるようにして善次郎の前まで来て頭を深くさげた。

「ありがとうございます…」

「いや、いや、礼を云われることたぁない」

善次郎はバツが悪そうに手を振って、逃げるようにして奥の部屋に消えたが、暫くして懐紙に金を包んで来て、黙って新田の前に差しだした。

嬉しそうにして帰っていく新田の後ろ姿を見送って、奈美はホッと安堵したが、善次郎は何時になくションボリと落ち込んでいた。

「わしも歳をとったもんだなぁ…」

奈美の顔を見て、善次郎はポツリと小声を漏らした。座りこみをし、その目的を達した新田には、自分の若さと腕に対する自信が感じられたが、あんな若造に、と思っていた善次郎も、とうとう新田に根負けして、自分の歳老いたことを痛感したらしい。

春が来た、奈美は四年生に進級した。善次郎は朝早くから夜遅くまで飛び歩いていた。全州には桜の木が多い。全州川の堤防には桜並木があり、南門から南東の「寒碧楼」は、その昔、彼の李成桂将軍が花見の宴を張った址という。奈美は毎年、善次郎に連れられてこの「寒碧楼」まで花見に行ったのに、今年はそんな状態ではなかった。

山本展子は、また奈美と同じクラスになって、丸顔でブクブクと肥えていたのに、痩せて生まれ変ったかのように、スラリとした美人になった。しかしどこか陰があるのは、養女のせいらしい。

ある日、音楽の時間に、中枝先生がいつものように、ピアノに向って蓋を開くと、キイの上に白い一通の封書が乗っていた。中枝先生は一瞬ハッとしたようであったが、生徒に気づかれないようにサッとそれを拾いあげて、楽譜の間に挟んでしまった。それを背が低くて一番前の席に座っていた奈美は目敏く見てしまった。奈美以外にもそれを見た者が居て、その日の内に、誰かが中枝先生に恋文を書いた、という噂が全校に広がってしまった。

音楽室は使わないときには空いているので誰でも入ることが出来る。それなのに奈美のクラスの者は、山本展子が早くから音楽室に入っていたので、どうも展子が恋文を書いたらしいと噂しあった。

その日の帰り道、展子が奈美に相談をもちかけてきた。

「ねえ、どうしたらいいかしら。実は手紙書いたのよ。もし先生に判ったら退学になるかも知れないでしょう」

「じゃ、私が書いたということにして、中枝先生に私から謝っておくわ」

と大胆にも奈美は、そんな気になっていた。これには展子も喜んだものの、心配顔で、

「でも、もし奈美さんが退学になったらどうするの」

「その時はその時よ。心配してもしょうが無いじゃないの。謝ってしまえば、まさか退学にはされないと思うよ。ちょっとおいでよ」

奈美は浮き浮きとした気持でさっさと歩きだした。間もなく道立病院の前まで来ると、奈美は中に入って、公衆電話ボックスに入り、学校の中枝先生に電話をかけた。展子はガラス越しに、心配そうに奈美の顔を食い入るように見ている。

「モシモシ、中枝です。ああ、藤野君かね。えエッ、あぁ、あぁ。そうかね、うん、ハッハッハハハ」

電話に出た中枝先生は、さもおかしそうに笑いだした。恋文の筆跡で、中枝先生は誰が書

いたのかを知っていたのである。展子は細長の弱々しい字であり、奈美の字は太く平べったい字である。

「どうだった…」

展子は気が気でなく電話ボックスの側でうろうろしていた。奈美は笑いながら電話ボックスから出てきて、先生は笑っていらっしゃったと告げた。展子はホッとして軽く奈美に頭をさげた。その様子が奈美には淋しそうに感じられた。何か、展子の恋人を横取りしたような、後ろめたい気持にかられたが、一方では、自分も中枝先生に淡い恋情を抱いていることに気付いた。

翌日、廊下で中枝先生に会った。先生は親しみを込めて奈美に声をかけてきた。

「やあ、藤野君、君は何時も元気だねぇ。山本君とは仲がいいのかね」

そう云われて奈美は赤面するとともに、ホッとするのであった。この恋文事件もすぐに忘れ去られていったが、奈美の中枝先生に対する関心は強くなった。

夏が来て、彼岸の中日も過ぎ、赤トンボが空を真っ赤に染める頃になると、善次郎の頭に白髪がめっきりと増えていることに、奈美は気付いた。春以来、善次郎の遊廓通いは激しくなっていたので、それとなく心配はしていたが、こんなに白髪が多くなっていることに気づかなかったのは、あまり顔を合わせなかったためである。

新田に強談判に来られたことが、善次郎には大きな打撃となって、自分の仕事に対する自信を喪失させてしまったようである。以前にはお金がなければ遊びに行かなかったのに、最近はつけ馬を連れてくることすらあった。かといって自分では現金を持っていないので、美代に払わせる。

「おっとさん。私はね、あんな女郎に払うために勤めに出ているんじゃないのよ。物価はあがる一方だし、野菜だって、みんな私が払っているんじゃないの」

その度に美代が大声でがなり立てる。

「ああ、わかった。そのうち、みんな払ってやるよ、返すよ」

「おっとさん、私はね、お金が惜しいんじゃないのよ。あんな女郎に払うのが悔しいのよ。なによ、あんな女にデレデレしてさ」

「生意気いうな。お金は返すよ。どけ、どけ…」

善次郎は美代を押し退けるようにして部屋に入る。明るかった家庭が、すっかり暗くなってしまった。一学期の奈美の成績も九番にまで落ちてしまった。挽回しようと一生懸命に勉強しても、どうしても勉強が身につかない。

そんなある日、善次郎がグデングデンに酔って帰ってきた。酒を飲まない善次郎であるから、棟上げで祝い酒が出されたのであろう、と奈美は特に気にかけなかったが、部屋に入った善次郎は、真っ赤にした眼をギラギラさせながら、

「美代ッ、美代はいないかッ…」

奈美の肩につかまり、よろけながら善次郎がダミ声をあげた。

「なにい、おっとさん」

台所から美代が出てくると、善次郎は震える手で指さしながら、

「ああ、美代か、そこへ座れ。ようく聞けよ。おっとさんはな。お前を売ることにしたぞ」

「えエッ」

美代が、悲鳴のような驚きの声をあげた。

「女郎に売ることにした。二千両ばっかし、おっとさんは必要なんだ。美代、いいなッ」

善次郎は、再び美代に念を押すように云って指さした。雷に打たれたように、美代は飛びあがり、

「いやよ。いやーよ」

吼えるように大声で叫ぶと、ドンドンと二回ほど跳びあがって畳を鳴らし、美代は気違いのようになってオンドルに駆け込んだ。奈美はその後ろ姿を見て、善次郎の顔をキッとにらみ付けてから、美代の後ろを追った。

ドタリと崩れるように倒れた善次郎は、そのまま畳の上に顔を伏せて動かない。奈美がオンドルに入ると、美代は部屋の真ん中に仁王様のように突っ立ったまま、呆然として天井を見あげていた。カチカチと歯が鳴って、それが次第に大きくなると、フッフッと熱湯がたぎるような音がして、堰を切ったような激しい慟哭が、美代の口を突いて出た。

「お姉さん、嘘よ、嘘よ、おっとさんが冗談で云ったのよ。お姉さんがあまりうるさいことを云うからよ」

そう云いながらも、奈美はおいおいと声をあげて泣き出した。美代の声は一際大きくなったが急に止んだ。そして美代は側にいる奈美を邪険に押し退けるようにして、壁際の箪笥の前に駆け寄ると、風呂敷に下着や化粧道具を包んだ。

「出ていくの、ねえ、お姉さん」

奈美の咽びながらの問に、美代は泣きながら小さく頷いた。

「嘘なのよ、酔っているのよ。正気じゃないのよ」

奈美は必死に美代を思いとどまらせようとしたが、動転している美代は、眼を真っ赤に血走らせて邪険に大声で、

「退いてよ」

奈美を突き飛ばして、部屋を飛び出して行った。

「お姉さあぁん、お姉さあぁん…」

奈美も飛ぶようにして後を追い駆けたが、玄関に行ったときには、もう美代の姿は暗い道の端から見えなくなっていた。

「馬鹿ァ、馬鹿ァ…」

奈美は叫んだ。止めどもなく涙が頬を伝う。内臓が腹の底から押し上げられ、躰中の筋肉が一度に収縮して、小さな心臓を圧縮してくるような苦しみに、奈美は暫し硬直したようにたたずんでいた。

小時が経て、奈美は居間へ戻った。善次郎は畳にうつ伏せになったまま、軽やかな寝息をたてていた。キイキイキイと何処かでコオロギの鳴く声が聞こえる。奈美は気が抜けたように、ぼんやりと善次郎の寝姿を見おろしたまま、何時までも立っていた。

二日経っても美代は帰ってこなかった。善次郎は呆けたように口を開けてぼんやりとして家にいた。食事も喉に通らないのか、奈美が無理に食べさせようとしても、口もきかない。奈美は美代のことも気になるし、行く末が不安でならなかった。善次郎は仕事を完成させたが代金を貰えず、下請の大工に支払う金が無くて困ったらしい。それで焼酒をあおった挙句に、あんなことを口走ったのである。

翌朝になって美代が家出をしたということを奈美から聞いて、善次郎は眼に涙をにじませていたから、本心からではなかったのであろう。三日目に、やっと気を取り直したように、善次郎はどこかへ出かけた。当てがあるのか、お金の工面にでも行ったのであろう。

奈美は美代の行きそうな心当りを、それとなく当ってみたが、昔の学校の友達の処に寄ったことを突き止めて尋ねてみると、

「今朝発ったのよ。美代さんったら、眼の色を変えて来たでしょう。聞いてみると、おっとさんに女郎に売られるから、どこかへ隠して欲しいって云うじゃないの。本当にびっくりしちゃった。でも安心しなさい、うちの叔母さんがね、大田府で『嵯峨』って旅館をやっているのよ。そこへ行ったのよ」

それで安心した奈美は、住所を聞いて、善次郎が冗談を云ったんだからすぐに帰ってくるように、と美代に手紙を出したが、善次郎には黙っていた。

美代はとうとう帰って来なかった。善次郎は、奈美が美代の居所を知っていることを知っているらしく、安心したようである。しかし善次郎は、よく仕事を休むようになった。また金繰りがかなり悪くなって、奈美の学校の月謝も遅れがちになった。奈美は月謝袋を貰ってきても、素直に出せないで、善次郎の機嫌の良い時を見計らって出すのである。

「ああ、それがあったなあ…」

そう云って大きな溜息をつく時には、現金が手元に無い時である。奈美は善次郎の大きな

溜息を聞くのが一番辛かった。

「こういう不況の時ですから、少しぐらいは遅れても構いませんよ」

先生はそう云ってくれるが、それがまた一層奈美の気持を辛くした。そして思いあぐねた末に、奈美は善次郎には内緒で学校を退学した。

「惜しいわねぇ、卒業まであと半年じゃないの。もう一度お父さんとよく相談してみたら如何ですか…」

柳井先生までそう云って、残念がった。

「藤野さん、退学なさるのですか。あなたのテニスが見られなくなるのは、本当に残念ですね。また遊びにいらっしゃいよ」

中枝先生は、わざわざ教室に来てそう云った。級友も皆残念がったが、とりわけ山本展子は、しきりに泣いて残念がった。家に帰ってみると、善次郎は縁側に座って、ションボリとガラス窓越しに外を眺めていた。朝から降り出した冷たい秋雨は勢いを増して、激しくトタン屋根を打っている。屋敷は道路より少し低くなっているので、道に溢れた雨水が、小川のように大きく渦巻きながら縁の下へ流れ込んでいた。

「何だ、帰っていたのか。今日は早かったなぁ」

奈美の気配を感じて、善次郎が後ろを振り向いた。その眼が赤く腫れてショボショボしている。

「私、女学校、退学したの…」

　奈美はポツリと水を垂らすように云った。瞬間、善次郎はギクリとして息を止めた。それから大きく息をつき、ゆっくりと首を回して奈美を見、奈美の視線を恐れたように慌てて眼を横へ外らせて、悲しそうに額に深い皺を寄せて俯いた。

　ザザザザザと、雨はまた一段と勢いを増してきた。悲しみの全てが、この雨水で流れて欲しいと奈美は思った。

　夜になると、覚悟はしていたのに、悲しさがこみあげてきた。ただ泣きたかった。こらえようとすればするほど涙が溢れて来る。そして、こらえきれずにオイオイと声を出して泣き出した。善次郎に聞かれたくなくって、布団を被って泣いた。こういう時に母がいたらどんなに心強いだろうかと思うと、何故か出雲のバッパの顔が懐かしく思い出された。母の愛を知らない奈美にとって、血のつながりのない出雲のバッパの、小さな振舞や、言葉が、優しい愛として、あれこれと記憶の中からよみがえってくるのであった。

　奈美は、三日間もションボリとしていた。そんな奈美の姿を見るに忍びない善次郎は、奈美に声をかけてやることもできず、いたたまれなくて外へ出て行き、夜中にこっそりと音をさせないようにして帰ってきた。そういう善次郎の姿が、奈美には、また死ぬほどに悲しく、父が哀れでならなかった。

「ねえ、奈美さん。善次郎さんの女狂いも大分直ってきたじゃないの。口では云わないけれど、善次郎さんも、奈美さんに心では悪いと思っているのよ」

銀杏屋の女将も、それを知っているようであった。奈美は女学校を退学してから、この銀杏屋に手伝いに来ている。

「ええ、判っているんです。なんだか、おっとさんが可哀想に思える事があるのです。朝帰りをした朝など、私が出かける姿を見ると、悪いことをした子供のように、コソコソと裏の方に隠れるようにするのです。あんなことしなくてもいいと思うのですが、やっぱり気が引けるのですね。それが可哀想に思えるのです」

「ええッ、そうかね、善次郎さんには、そんな気の小さな処もあるのかねぇ。いい人なのよ。腕もいいのにねぇ。ただ気が善すぎて…」

「意気地無しなのよ」

「そう云っちゃ可哀想よ」

女将は善次郎をかばう。

「だって、そうなのよ」

奈美は本当にそう思うのであった。世の中は不景気である。半島出身者の乞食が市場にあふれていた。銀杏屋にも毎日、子供の乞食が芥溜をあさりに来た。或寒い朝、奈美が銀杏屋に行くと、裏の芥溜にもたれるようにして、五歳ぐらいの乞食が凍死していた。よれよれになった麻の夏服に、割れた大人のナムシン（木靴）を履いている。このナムシンはオランダの木靴とほとんど同じ型をしているのは、何か繋がりがあるのかもしれない。用材はポプラである。

何時も持ち歩いていたものであろう、紐の付いた空カンが一つ、足元に転がっていた。検死官が来たのは昼すぎである。

「こいつらの親が夜逃げしたり、食えなくなって捨てるのですなァ。一晩で五、六人も死ぬことがあって、全く厄介な奴らですよ。中には火を燃す奴がいますから、気をつけて下さい。この間も火事になりかけましたから…、じゃ、失敬」

巡査達はそう云って帰った。奈美が裏木戸から外へ出てみると、人夫が二人がかりで死体をコモにくるんで、丸太を積むように、大八車に載んでいた。乞食をしたり乞食をさせると軽犯罪法に触れるから、巡査にとって乞食は、ただの犯罪者なのである。

奈美は出雲にいた頃、飢えたことがあった。その思いがある奈美は、客の食べ残しがあると、ドンブリにとって置いて、そっと子供の乞食に与えた。すると、大人の乞食が子供の乞食を追いかけて、それを取りあげる。仕方なしに、奈美は小さな乞食をくぐり戸から中に入れて、残飯を食べさせてから外に出した。その乞食も二月に入ると姿を見せなくなった。寒い日が続いたので、どこかで凍死でもしたのであろうと奈美は思った。

銀杏屋は全州川に沿った一番目の通りにあって、その通りは大正町一丁目から川下の相生町へ通じていた。その通りを相生町に入ったばかりの角に、善次郎がよく通った長尾遊廓があり、道を挟んだ本町側の角に、奈美の級友山本展子の大きな屋敷があった。だから、妾の子といわれる展子は、学校の帰りによく銀杏屋に寄って、奈美と顔を合わせることを楽しみにしているようであった。

「中枝先生どうしていらっしゃる…」

「それがね、奈美さんのこと、よく聞かれるのよ」

「私のことを?」

奈美は、ちょっと意外な気がした。

「そうなのよ。この間、廊下で先生に声をかけられたのよ。あのとき、私は死んでもいいと思ったわ。山本さん、っておっしゃったあの声、今でも耳の奥に残っているわ。胸をグッと締め付けられるようだったわ。奈美さんはどうしているの、良いお友達は失わないようにね、って」

中枝先生に恋文を書いたことのある展子にしてみれば、中枝先生から特別に声をかけられたことが感激であるらしかった。

「中枝先生、奈美さんのこと、好いていらっしゃるようだわ。ね、学校に遊びにいらっしゃいよ、今度の土曜日ね、テニスの試合があるのよ。見にいらっしゃいよ。ね、本当にいらっしゃいよ」

展子はしきりに勧めるが、

「だめだめ、今、とても忙しいのよ」

奈美は学校に行ってみたかったが、何か自分が哀れに思えて、素直に展子の勧を受け入れられなかった。

梅の咲く頃、風呂の煙突の加熱から火を出して、留守中に奈美の家が焼けた。家は全焼となったが、広い庭があったことと、朝火事であったことから隣近所への延焼がなかったことは、不幸中の幸いであった。家財道具も隣の島鉄工所の工員が運び出してくれて助かった。奈美は失火責任者として、三日間にわたって警察の取調べを受け、始末書を取られた。思想、交友関係から私生活に亘って聞かれた事が癪であった。

銀杏屋の女将の計らいで、奈美らは本町三丁目の銀杏屋の筋向いに越した。ここは小さな朝鮮屋であったが仕方がない。善次郎は土地を売って借金を返したが、かなり精神的にまいっているようであった。しきりに美代のことを気にかけて、奈美に美代を呼べと云い出した。奈美が美代の処に電報を打つと、折り返して美代から返電があった。

「ワケアリカヘレヌミヨ」

この電文を読んだ善次郎は、一日中いらいらしていたが、翌日になって、

「奈美、お前、美代の処へ行ってこい。変な虫でも付いたんだろう…」

何時になく、善次郎の顔は暗かった。美代を女郎に売る、と云って驚かせた善次郎であったが、家出されることは計算になかったらしく、相当にこたえたようである。それを後悔し、良心の呵責にモンモンとし、気をまぎらわせるために、遊廓通いを激しくしていたことを奈美は知っていた。

翌日、奈美は百キロほど北にある大田府に向った。教わった通り、美代の居る旅館「嵯峨」は、大田の駅のすぐ前に黒板塀に囲まれてあった。瓦屋根の着いた門を入ると数寄屋風の植木に囲まれた道を五メートルほど入って大きなガラス戸の嵌まった玄関があった。

「嵯峨」のお女将は、玄関先で奈美の話しを聞いて、少し困った顔をしたが、奈美をひとまず中へあげてから、美代が入院していることを告げた。奈美は変な胸騒ぎが先にたって病名を聞くことを忘れて、教えられた病院へと駆け込んだ。そこは小さな洋館造りの産院であった。奈美は、その産院に何故美代がいるのか、すぐには思い至らなかった。病室に入ると、

美代がビックリして声を詰まらせた。まさか奈美が突然に来るとは思ってても見なかったからである。奈美は、ジロジロと珍しそうに辺りを見回してから、

「どうしたの、いったい…」

きつく問い詰めた。美代は、さすがに頬を赤らめて横を向いた。

「おっとさんが、とっても心配して、迎えに来させたのよ…」

「そお、元気かい…」

そう云って、美代は涙ぐんだ。美代は善次郎を恨んではいないようであった。

「こうなることを、おっとさんは知っていたのよね。判るのよ、知らん顔してて、私のことを皆な知っていたのよ…」

美代は、急にしゃくりあげて泣き出した。奈美には、美代の云っている意味が、まだどうしても理解できなかった。

その時には、奈美は知らなかったが、美代には恋人がいた。その相手は長男であった。この頃、民法では、長男と長女は結婚出来なかった。二人のことをうすうす気付いた善次郎は、こっそりと相手の身分を調べてみてそれが判り、美代に直接云い出せずにいた。美代は早くから母に死なれて、母の温もりを知らないで育った。それだけに、初めての恋は身を焦すほどにのめり込んだのであろう。美代に婿をと考えていた善次郎は、何としても美代に思

いとどまらせたかった。その切り出しが出来ないというのも、善次郎の気の弱さだったのであろうし、小さな時から苦労をかけた美代に対する負目がそうさせたのであろう。その結果、酔った勢いで女郎に売るなどと脅し、美代はそれを真に受けて大田にまで逃げて来て、今、流産の身をベッドに横たえているのであった。

奈美は、ベッドから離れて部屋中を見て廻った。六畳ほどの、壁のペンキもあちこち剥げ落ちた古めかしい洋間の、天井から裸電球がぶら下がっているだけの、わびしい病室である。そこにぽつねんと一人、青白い顔をして横たわっている姉が、奈美には、あの口うるさいシャキシャキの気丈夫な姉には思えない。それだけに、美代にはかなり強い変化があったことが、奈美には直感的に感じられた。

「ねえ、早く帰っておいでって、おっとさんが心配していたよ。女郎に売るなんて、みんな嘘なのよ」

「判っているよ…」

美代は自分のしたことと、善次郎のしたことをよく理解していた。

「おっとさん、怒っていたかい」

「怒ってなんかいないわよ。毎日毎日、心配しているのよ。おっとさんに心配かけて家出するなんて、親不孝だわよ」

奈美はつい強い口調になった。美代は黙って俯いた。日頃のこわい姉も形無しである。

「何もかも終ったのよ。おっとさんに云っといて。二三日したら帰るからって。ああ、せいせいした」

美代は作り笑いをしたが、奈美には悲しみに堪えようとしているように思えた。

一週間後に美代は退院した。家に帰ってくるというので、善次郎は前日からソワソワと落ち着かず、仕事までも休んで、その日は全州駅まで美代を迎えに行った。

「おっとさーん」

美代は大声を挙げ、喜々とした表情で、おおぎょうに手まで振りながら、改札口へとプラットホームを駆けてきた。善次郎は奈美がいる手前、わざとらしく口をへの字に結んでいるが、嬉しさは隠しきれずに、口元が時々ほころんで、えへん、えへん、と空せき払いをするのであった。

「ああ、疲れた。これ、おっとさん、お土産よ。大好きなめんたいこよ」

美代の差し出すめんたいこを、わざとムッツリして受け取った善次郎であったが、その重みを両手に感じたとたんに、クシャクシャに顔をほころばせて、暫くニコニコとしていた。

美代は道すがら辺りを見回しながら、

「ちょっと私が居ない間に、全州もずいぶんと変ったわねぇ。あら、この家も最近新しく建ったんだねぇ」

美代は何時もの美代らしく、明るく賑やかに、失恋、流産という過去を少しも気に懸けていずに笑顔を見せていた。その笑顔は、善次郎へのせめてもの親孝行のつもりであったのかもしれない。

家に帰ってきた美代は、奈美と共に銀杏屋へ働きに通うことになった。美代が家に居るようになって、善次郎の遊里通いは、ぷっつりと止んだ。

美代は貯金を相当持っているようであった。新聞の広告をみて、善次郎に大阪高島屋から通信販売で袴などを取り寄せて、善次郎を喜ばせていた。家の中に平安が訪れて、奈美の気持も、元の明るさを取り戻した。

琴の音

桜が咲く季節になったが、今年も花見には行く気分ではなかった。この頃、奈美に関心を持つ男が現れた。家に帰ってみると、見知らぬ男から手紙が来ていたり、買物を届けさせると、それにつけ文がついていたり、頼んだ覚えのない菓子折が届けられていたりした。

「どうしよう、このお菓子」

奈美が美代に相談をすると、美代は、

「返しなよ。貰う理由はないいんだから」

「だって、誰が呉れたのか判らないじゃないの。返しようがないわよ」

こんなやりとりをして、結局、姉妹はこのお菓子を食べてしまった。それでいて美代は、

「奈美ちゃん、だめじゃないの。返さないから届けて来るんじゃないの。男なんて、狼みたいなんだから、少しでも隙を見せちゃだめなんよ。こんなもの貰って食べていると、いざというときに困るわよ」

美代は母親のように云う。そういう美代もすっかり女っぽくなっていて、若い男にちやほやされていたが、一度失敗しているだけに慎重であった。それでも開けっ展げの性格で若い男の気を引かずにはおかなかったので、いろいろと派手な噂を立てられて、善次郎を困らせていた。

美代の母親ぶりは、またまた奈美をうんざりさせた。銀杏屋においても、奈美の仕事にいちいち文句をつけるので、それが奈美には癪の種であった。

「なあにっ、この雑巾のかけかたはっ。もっとよく絞って、こするようにして拭くものよ。だめだめ、そんな格好では」

他人がいても構わずに、美代は奈美を叱りつけた。

「いいのよ、美代ちゃん、そんなに叱らなくても」

女将が奈美をかばうと、

「駄目なのよ、この子は。何回云っても判らないんだから」

美代はそう云って奈美を小突く。

その夜、美代の仕草を腹に据えかねた奈美は、美代に喰ってかかった。

「いくら姉さんだからって、あんな云い方ってあるもんじゃない」

「なに云ってんのよ。全く、いちいち云わないと判らないんだから。幾つになっても子供みたいで、私の方が恥かしいったらありゃしない」

「私だって何時までも子供じゃないんだから、いちいち私のすることに口をださないでよ」

奈美も負けてはいなかった。美代が大田に行っていた間は、奈美ちゃんはよく働く、と女将から誉められていたから、奈美はそれを誇りにすら思っていた。それを美代は、あたかも自分の使用人にでも云うようにして、奈美を口汚く頭からこきおろすので、腹の立つのは当り前であった。

「なんぼ大きな口をたたいても、独り立ち出来ない子供が、悔しかったら独り立ちしてみろってんだ。いつまでたってもおっとさんに甘えていてさ」

美代は奈美の背を後ろからドンと小突いた。

「止してよ、子供扱いにするのは。私だって独り立ちぐらいできるから」

奈美は本当に悔しくてならない。悔しくて涙がボロボロと溢れてくる。その夜、奈美は家出を決心して、美代が厄介になっていた大田府の料亭嵯峨へ手紙を書いた。

三日後、躰の具合いが悪いからと云って、奈美は銀杏屋に行かなかった。

「どうしたの。風邪でもひいたのかい。熱はあるの」

出がけに美代が覗きにきたが、奈美はとぼけて、

「大したことはないよ。後から行くよ」

それを聞いて善次郎も安心して仕事に出かけた。二人が出かけてしまうと、奈美は自分の荷物をまとめて風呂敷に包み、善次郎には手紙を書いて家を出た。

大田の旅館嵯峨では大喜びであった。手が足りなかったことと、奈美には学歴があることが歓迎された。

料亭嵯峨は、京都出身の女将夫婦が経営している旅館兼料亭であった。大田府は京城と釜山を結ぶ京釜線と湖南線の分岐点であり、道庁所在地でもあるので、この嵯峨は政府高官や経済界のお偉方もよく利用していた。良家の子女も行儀見習いに来ており、奈美は早速上女中として働くようになった。

翌日の午後になって、大田警察から刑事が嵯峨にやって来て、奈美を尋問した。びっくりしたのは嵯峨の女将であるが、実は善次郎が奈美の保護願いを出したからである。

「私は家出をしたわけではありません。ちゃんと行く先を知らせて働きに来たのですし、これこれ、こういうわけで来たのですから、帰られません」

年輩の刑事は奈美の云うことにいちいち頷いていたが、嵯峨の女将に身元引受人になるかと尋ね、

「そりゃ、もう、大事な人様のお嬢様をお預かりしておりますので、責任をもってお引受けいたします」

「じゃ、そうしてください。ここに名を書いて、捺印して下さい」

刑事は事務的に低い声で命令調に云った。刑事は、奈美が学歴もあって、思想も穏健で、働きに来たという目的を持っているので、奈美の云うことに納得したようである。

「どうなることかと思ったよ。はっきりと自分の事を説明できるので、見直したわよ」
二十六、七くらいだろうか、丸ポチャな顔のお女将は、奈美に感心したように云った。
奈美の仕事は辛くはなかった。ただ、奈美には手取りが一月二十円前後ということが少し不満であった。それでいて、お金を溜めて、旅館を経営したい、などという大きな野望を小さな胸に抱いたりするのであった。

初めての給料を貰うと、奈美は砂糖を五斤（三キログラム）ほど買って出雲のバッパに送った。出雲を発つ時にバッパが、気がすむのなら砂糖の半斤も送ればいい、と云ったことに約束を果したかったからである。奈美にとっての出雲は何一つ良い思い出はない。それだけにバッパの愛情は奈美にとって生涯忘れられない想出であり、どうしてもバッパには感謝の気持を伝えたかった。実の母親の面影を知らない奈美にとっては、バッパは血のつながりは全く無いにも関わらず、母親のように思える存在であった。十日して、バッパから返事がきた。カネの代筆であったが、嬉しくて嬉しくて二日も泣いたと書いてあって、奈美も嬉しくて涙が出てくるのであった。

それで、善次郎に何か買ってあげようと思った奈美であるが、はた、と困った。何を買ってよいのか判らない。父娘でありながら、いざというと、こんなものである。あれこれ考えた末、靴を買って送った。折り返し善次郎から、欲しいと思っていたので、大変嬉しいが、あまり無駄金は使うな、という簡単な手紙が来た。奈美が初めて貰った善次郎からの手紙である。木訥な性格がよく出ていると思いながらも、娘に金を使わせたくないという父の気持が、奈美には嬉しかった。

旅館の仕事は昼間はわりに暇である。女将の計らいで、二ヶ月目から奈美は琴を習うことにした。すぐ近所に奥山という大きなお屋敷があって、ここに野村大勾当という五十近いお婆さんが、毎週土曜日に釜山から出張教授のために通ってきていた。白髪で、顎の下がブルドッグのようにたるんでいて、サビのある良い声が評判であった。お弟子さんは奈美を加えて七人である。翌日は芸者衆が三味線を習いに来るようであった。奈美は、お師匠さんの琴を借りて、最初に手ほどきを受けたのは「福寿草」であった。

「その調子、その調子。奈美さんは、とても筋がいいですよ」

誉められることも度々あった。その度に緊張して角爪に力が入ってしまう。

「ほらほら、だめです。軽く、はい、はい、その調子ですよ」

琴ほど奏でる人の感情を敏感に反映する楽器はない。心が荒んでいるときには、すぐに音色が荒んでくる。奈美は感受性の強い娘であったから、師匠に誉められても、すぐに緊張して音色に変調を来した。大分馴れたころに、奈美は、思いきって琴を買うことにした。

奥山家は薬種問屋であった。このごろ珍しい、「ここは何処の細道じゃ、ここは饅頭屋の前ですよ、買って食べたらうまかった、馬に蹴られて痛かった、痛けりゃ医者にゆくがよい、医者の薬じゃ治らない、オイチニの薬で治った…」というコマーシャルソングで有名なオイッチニの薬を扱っていて評判であった。この歌は「出征兵士を送る歌」の曲を利用したものので、奈美もよく歌ったものであった。主人はしょっちゅう京都へ出かけていて留守がちであった。奥方は四十前後の京美人で、めったに顔を見せなかった。

ここの娘ハナも母に似た瓜実顔の綺麗な娘で、奈美より一つ歳上の十八歳であった。このハナには藤森という大学生の婚約者がいて、よく遊びに来て、琴の稽古場にも顔をのぞかせたので、奈美らは好奇心で気が散ってならなかった。お師匠さんは奥山家の手前、藤森に来るなとも云えないもので、黙認して居た。

三月経ち、奈美の琴の腕も上達した。野村大勾当は、せっかくなのだから、是非上級のを習うべきだという。そして、

「もし、その気なら、自分の後輩である宮城道雄大検校に紹介しますよ」

と非常に熱の入れようであった。野村大勾当は、宮城大検校が京城に移住してきて、喜多仲子と共同生活をしていた明治四十二年以前に、宮城が師事した二代目中島検校の直弟子なのである。宮城は明治四十四年三月に、李王妃の御前で演奏をし、朝鮮における箏曲界のナンバーワンとして知られている。

この頃内地では、関東は山田流、関西は生田流という二派が共立していたが、朝鮮では生田流が主流であった。時に昭和三年、宮城道雄は三十五歳の男盛りで、東京において大活躍をしていた。野村大勾当としては、自分より出世したその後輩が自慢でもあった。奈美も特に断る理由もなかったので、上級へと進級した。

ところで、あの藤森は、すっかり姿を見せなくなっていた。一方で、千鶴とハナの様子が

おかしい、と沢口フクがいう。そう云われてみると、この二人は挨拶もしない。そうこうするうちに、ある日、奈美が嵯峨から出て奥山家へ向っていると、後ろの方から小沢アキが大声で呼びかけて駆けてきた。そして、近くの濡城温泉に用があって出かけたところ、藤森と千鶴が夫婦気取りで歩いていた、というのである。奈美が念をおすと、絶対に間違いないという。

「驚いたのなんのって、初めは本当に信じられなかったわよ。今日、どんな顔をして来るか楽しみなのよ…」

アキは、もう、好奇心の塊である。この日、千鶴は稽古に来なかった。そして、心なしかハナが沈んでいて琴の音色にも張りがなかった。帰りに、小山田クミが衝撃的なことをうちあけた。小山田クミの家は千鶴の家の近所である。その話というのは、一昨日、千鶴の家で大騒ぎがあった。千鶴が妊娠三カ月だと判ったからである。父親が問いつめて、相手があの藤森だと判ったという。この父親が官吏の堅物で、早速千鶴の手を引いて、藤森家に乗り込んだ。びっくりした藤森家では、奥山家にハナとの婚約を解消してくれるようにと頼みに行った、というのであった。小山田の説明に皆は、驚愕し、わいわいと思い思いのことを喋り合って、しばらくはその話でもちきりであった。

師匠の奨めで上級へ進級した奈美は、筋からいえば中島検校の直弟子のその直弟子ということになるから、まんざらでもない気持であったが、野村大勾当は非常に厳しかった。それだけに、せっかく進級しても、その厳しさについていけずに止める娘も多かった。

「これはね、筋ではないんです。努力ですよ。天才というのはいないのです。毎日の精進が大切なんですよ。宮城先生だって、そりゃ血のにじむ努力をなされたのですよ」

そう云って、師匠は気を抜かせなかった。あのハナは無表情で師匠の厳しさに堪えていた。旅館の方は忙しい日と、のんびりする日がある。芸者などを呼んで華やかにやるのはお役人か建設業者が多かった。

この頃大田府の人口は約一万五千人で、歩兵第八十連隊の第三大隊が駐屯していた。ここは大いなる田園という意味で大田と云われるようになったといわれるほどの田舎で、日本人が作った朝鮮で最も新しい都市の一つである。

大正三年に湖南線が開通して、京釜線との分岐点となってから急速に発展したもので、忠清南道の道庁所在地である。街から西十キロほどの処にある鶏龍山は街のシンボルであり、その麓に濡城温泉があった。アルカリ質と弱ラジウム泉で、大田が交通の要衝であるので客も多く、賑わっていた。

ある日、旅館嵯峨にアメリカ人の旅行者が来た。庭で掃除をしていると、女中の宮井が奈美を呼びに来た。

「奈美さん、奈美さん、お女将さんがお呼びです。早く玄関に来て下さい」

何事だろうと奈美が慌てて駆けて行くと、

「奈美さん、奈美さん、この外人さん、何んと言っているのか、判らないかしら…」

「はい、さようですか。聞いてみましょう」

そう云ったものの、奈美は外人との会話など初めてである。それでも、しかたなく、ペコリとそのアメリカ人に会釈して、奈美はタドタドしく単語を並べて聞いた。アメリカ人は喜んで、ペラペラと喋った。だいたいのことは判ったが、奈美は、ゆっくり話して欲しいと伝えて、群山に行きたいが、今夜ここに泊りたいと云っていることを女将に伝えると、女将は嬉しそうに、

「オーライ」

と云って、奈美に外人を部屋に案内するように命じて、料金のこと、食事のこと、などな ど聞くようにと小声で耳打ちした。奈美はとりあえず部屋に案内してから、紙と鉛筆を持って行き、筆談でどうにか話が通じた。

このことがあってから、奈美は英語が話せる人として有名になった。あちこちの旅館から通訳をして欲しいといって、人力車を差し向けて頼みに来るようになった。また、そのことで、嵯峨には外人の客が急に増えて女将を喜ばせた。奈美は慌てて女学校で習った英語の復

習を始めた。

京釜線と湖南線の分岐点である大田は、旅行者の動きが激しい。それだけに各地方の新しいニュースが入る。それに目をつけて京城新報は遊軍記者を自由に歩かせていた。恰幅がよく、口髭の見事な岡田さんが嵯峨に来たのは、梅の実の大きくなり始めた初夏の頃であった。

初めは一週間滞在した。何をしている人なのか、奈美にはわからなかった。五十歳ぐらいであろうか、色が浅黒く、眼が鋭く、無口であった。お客についてとやかく詮索するな、と女将に云われていたので、奈美は気にとめなかった。口髭が立派なので総督府のお役人かとも思ったが、二度めに来たときに奈美は部屋に呼ばれた。

「ちょっとすまんが、これを届けてくれないかね、いや、女将さんには話を通して有るからね」

そういわれて大きな封筒を渡された。あて先は京城新報の大田支社になっている。そのとき始めて岡田さんが京城新報の重役であることを奈美は知った。それから、奈美は度々岡田から封筒を預かった。時に世界的な不況が不気味に小渦を巻いていた。それに絡んで政治も複雑に、かつ闇の中で躍動していた。岡田重役は自らこの交通の要衝で、闇の政治の動きを取材していたのである。

「君、君、ちょっと…」

ある時、岡田の部屋から出ようとした奈美は、岡田に呼び止められた。

「君は、新聞を読むそうだね」

「ええ、子供の頃から…」

「珍しいね。面白いかね」

「いえ、ただ、世の中のことがわかりますから…」

「ふーん、若いのに珍しい。ところで、京城新報に何か希望などあるかね、つまり何を書いてほしいのか…」

「そうですね。文芸欄などが欲しいです。和歌とか、俳句とか、文化的な…」

「うーん、文芸欄か、何故だね」

「毎日読むものですから、文化の向上に役立つと思うのです。特に女性の文化向上に役立つと思います」

これを聞いて岡田重役は、握りこぶしで自分の頭をコツコツと叩きながら、暫く黙っていたが、

「君は通訳ができるそうだね、学校はどこかね…」

「全州高女です」

「なるほど。あの北村校長は有名だった…」

「ご存知だったのですか」

奈美は全州高女の出身であることが誇りに思えた。そしてあの狸親父のいかつい顔が親しみの中に思い出された。柳井先生、中枝先生のなつかしい顔も思い出された。その時、岡田重役はただ大きく頷いていただけであった。それから岡田重役は暫く嵯峨に顔を見せなかった。

初秋、寒い風の吹く日、あの千鶴が自殺したという話を奈美は聞いた。奈美は、やっぱりという気がした。大山クミがいたなら、もっと詳しい話を聞けたのに、彼女はもう琴を習いには来ていなかった。ハナは、きっとその話を知っているのであろうが、相変らず無表情で、琴に心を打ち込んでいるようであった。

新聞記者

奈美は今、青春の真中にいた。男と女の出合と別れのドラマを、奈美は大田に来てから、僅かの間に立て続けに見て、一段と大人の世界に近づいていることを意識していた。

十一月に入って、暫く顔を見せなかった岡田さんが、ヒョッコリと嵯峨に現れた。例によって部屋に呼ばれた奈美は、意外なことを告知されて震えるほど驚愕した。

「藤野君といったね、君、うちの記者になる気はないかね」

「ええっ…」

あまりにも突飛なことであったので、奈美は返答に窮した。

「君に云われてね、考えてみたんだ。そう、文芸欄だよ、文芸欄を設けることにしたんだよ。婦人欄も考えているんだよ。新聞はニュースを伝えるためにあるが、政治や経済だけではなく、婦人にも関心のある事柄を広く伝える必要がある。うん、まだまだ問題は色々あるが、新聞が文化を広げ、育成していく、というのもこれからの新聞の使命だと思うのだよ。そこでだ、君に一つ、女の立場、特に若い女の立場で見た記事を、書いて貰いたいと思ったわけだよ。京城新報が、女の精神文化を向上させるという先駆けになるかも知れない。どうだね、やれるかね…」

「はい。是非やらせて下さい」

暫く考えていた奈美は、胸が一杯になって、やっとそれだけの意志表示をした。時に世の中はエロ・グロ・ナンセンス時代といわれて、退廃ムードが満ちていた。

「こういう世情ではいかん。もっと健全な文化が興らなくてはならない。新聞は時の流れを伝えるだけでなく、健全な文化を興隆させる、意志の伝達をしなければならない…」

岡田は難しいことをくどくどと弁じたてたが、奈美は上の空で聞いていた。ともかく一度入社試験を受けてみるように、と云われて、次の週、琴の帰りに、京城新報の大田支社に寄って試験を受けた。試験は常識テストであり、「花」という題の論文の課題があった。奈美は菅原道真と梅について書いた。結果は合格であった。半年間は大田にいて見習い記者になること、その後、本採用を決める。見習い期間は月給三十円をだす、という好条件であったので、奈美は小踊りした。入社は来年早々というので、奈美は善次郎にそのことを手紙で知らせた。善次郎からは折返し返事が来たが、早く帰ってこいとだけ書いてあった。奈美の気持など、少しも判ってはいない。そのことは初めから判っていたので、奈美は無視して、その日の来るのを心待にしていた。

十二月も半ばを過ぎたある日、奈美は早朝からお女将さんに呼ばれた。びっくりして帳場に行くと、お女将がめったに出さない大きな声を張りあげて新聞を指差した。

「奈美さん、大変なの、早く、ここ見て…」

何事が起きたのかと、慌てて奈美はお女将さんの指さす新聞のその部分をのぞき込んだ。死亡欄にあの岡田重役の急逝の広告が載っていた。気の遠くなる思いで、その場にしゃがみこむ奈美に、女将さんが元気づけるように云った。

「あの方、血圧が高かったのよ。入社は決まっているのだから、安心じゃないの。岡田さんが実現したかったことを、奈美さんが実現してあげたら、いい供養になると思うわよ…」

奈美もそう思った。そう思うとファイトが湧いてきた。岡田重役が私に期待した婦人欄や文化欄を、きっと作って良いものにしようと心に誓った。

十二月二十日、奈美の満十七歳の誕生日だった。昼過ぎに京城新報から一通の電報が届いた。

「ツコウニヨリ　キテンノ　ニユウシヤヲ　トリヤメニケツテイシタ　コンコノカツヤクヲキタイスル　ケイセウシンホウシヤチヨウ」

奈美は、声もなくうずくまってしまった。

「これはひどい。ひどいわぁ」

お女将さんの方が腹を立てて、わざわざ京城新報の本社に電話を入れて事情を聞いてくれた。その結果わかったことは、今回の件は全て岡田重役の発案で進められていた企画であるため、岡田重役の死亡した今となっては、その企画がどういう内容なのか、どのように展開をさせたらよいのか、後継者もいないので、せっかく入社して貰っても、女性記者は使うポジションもないから一応断った、ということであった。

「ああ、惜しい人を亡くしたねぇ。婦人記者を採用するなんて、進歩的な人は、そういないからねえ。運が無かったと諦めるには本当に惜しい」

女将さんは、自分のことのように奈美のことを心配していた。奈美も事情が判ったので、いい夢を見ただけ得をしたと、心に云い聞かせた。

時に第一次世界大戦後、資本主義的繁栄をほしいままにしてきたアメリカは、不況の嵐が吹き荒んで、その影響で日本経済も苦渋し、植民地朝鮮の経済は中国の不気味な抗日運動に怖えつつ、暗く沈んでいた。貧民の行倒れも、大田府内で毎日のように見られた。中華民國では、暮れの三十一日に張学良の支配する満洲も含めて、蔣介石の国民党軍の下に一応の統一を見ており、そういう情勢の中に、奈美は嵯峨で昭和四年の正月を迎えた。

やがて身を刺す寒さも和らぎ、梅の咲く三月に入ったある日、琴を習いに行っている奈美を、嵯峨旅館から呼びに来た。

「奈美さん、奈美さんお父さんが危篤なんですって」

あわただしい上ずったその呼び声に、奈美は震えが先に来た。何か変な予感がしてならかったが、まさか父が危篤とは考えてもみなかったことである。

「さ、早くお帰りなさい」

野村大勾当が、奈美を抱えるようにして玄関まで送って出た。時に善次郎は五十四歳である。奈美は夜行を利用して全州へ発った。奈美は正月に帰るつもりでいたのに、婦人記者になりそこねた残念さで、家に帰る気になれなかったのである。そのため善次郎は帰ってこい、帰ってこいと幾度も手紙を寄越していたが、病気だとは一言も書いていなかったので、事故にでも遭ったのだろうか、と奈美はあれこれ考えて、まんじりともせずに夜汽車で夜を明かした。早朝全州に着いた奈美は、あせる気を押さえながら人力車を飛ばして、なつかしのわが家に駆け込んだ。庭からオンドルの方に廻って、ドンドンと戸を鳴らして美代を呼ぶと、美代が眠たそうに起出してきた。

「なあんだ、奈美ちゃんじゃないのよ。どうしたのよ、こんなに早くから、ビックリするじゃないのよ…」

「どうしたもないでしょう。おっとさんはどうなのよ」

奈美は靴を脱ぐのももどかしく、縁側から中へ駆けこんだ。

「おお、帰って来たか。早かったなぁ」

善次郎がニコニコして顔を見せた。

「おっとさん、元気だったのぉ」

奈美は、臓物をはき出すように大声で泣き出した。ただ訳もなく泣きたかった。心配で心配で必死に無事を祈って来たのに、善次郎は元気でニコニコしている。奈美は騙されたことを知りつつも、善次郎が無事で元気な顔を見せたことで、張りつめていた気が一辺にゆるんだ。一年ぶりに見る善次郎は、また一段と老けたように思えた。この不景気では多分仕事もうまくいっていないのであろう。その父に引きかえて美代はまた一段と肥えていた。善次郎の無事なことを知った奈美は、急に眠たくなって夕方まで眠っていた。

こうして善次郎の偽電報で、全州へ呼び戻された奈美は、めっきり老け込んだ善次郎にこれ以上心配させたくなくて、大田の嵯峨へは手紙を出して荷物を送ってもらい、大田での独り暮らしの青春に終止符を打ったのである。

奈美にとって大田での一年の生活は、青春の良い想い出になった。独りで自活できたことは、奈美にとって美代に対して誇りであったし、美代も奈美を見直していた。暇を見て奈美は善次郎に琴を奏でて聞かせた。善次郎は、自分ではしてやれなかったことを、奈美が独力で学んだことを、繰り返して誉めた。

「女学校の教育も大したものだ。奈美がこげになるとは思わなんだ。トヨに一目見せてやりたかったなぁ…」

と善次郎は喜び、亡きトヨをしのんでいた。


美代のお見合いが、四月に入ってから「寒碧楼」の花見にことよせて、なされることになった。相手の男は市原建設の現場主任をしている小部衛一といって二十九歳。広島出身ということである。人間は実にいいのだが、大酒飲みで二升は平気だという噂であった。

「寒碧楼」は南門を過ぎて、全州川の堤防沿いに一キロばかり南に上った川に迫る崖上にあり、古色蒼然とした楼があった。附近は李王朝ゆかりの名勝地である。李成桂時代からあったといわれる桜の老大木が、満開になると、一変地を桜色に塗り変えて、その香りは二里四方に匂うといわれた。毎年花の頃には内地人、半島人があちこちに入り乱れて、花見の宴が張られた。

その日、善次郎は自分では大して飲めもしないくせに、一升ビンを三本もぶら下げて出かけた。美代と奈美は、朝から忙しい思いで作った肴と寿司を重箱に詰めて持って行った。

善次郎としては、美代がキズものであることに気を止んでいたので、市原さんから小部の話があった時には、ちょっと躊躇したようであるが、小部が大酒飲みで女遊びも激しいと聞いて、美代を見合いさせる気になったようである。奈美を偽電報で呼び戻したのも、奈美には男で失敗させたくなかったためでもあった。

花見には、銀杏屋のお女将さんに、新田も加わって、今までにない賑やかさであった。

小部は、飲む程に、酔うほどに、四角い顔をほころばせて、面白い自分の失敗談をして皆を笑わせた。これには奈美の方が少しばかり心を惹かれた。奈美が大田の嵯峨での経験では、男は酔うときまって自分の自慢話しをする人が多かった。それが、この小部は、どこまで本当なのか造り話なのか判らないが、ともかく何につけても自分の失敗談であったので、皆は腹を抱えて笑い転げた。

「いや、それが去年の事なんですよ。仲間と一緒に徳津の池に蓮見に行っての帰り道で、支那人から肉まんじゅうを十ばかり買って、ぶら下げて来たのですがね、途中で気がつくと、中が空っぽなんですよ。そのまま帰るのもしゃくにさわるもんで、一丁も戻りましたか、道に転がっているのを拾いあげて帰ってきましたよ。洗えばいいやと思いましてね。さて明る朝、めしを炊くのも億劫なもんで、そうそう、肉まんじゅうがあったと思い出しましてね、顔を挙げてみると、ちゃんと枕元にあるんですよ。風呂敷包みの中に手を突っ込んで、もぞもぞと掴み出して、ガップリとやったんですよ……」

　ここで小部は言葉を切って、コップ酒をグイと小気味よく一気に飲み乾すと、

「それが、馬ンくそだったんですよ…」

　じっと耳を澄まして聞いていた皆は、ここでドッと笑い転げた。奈美は涙が出るほどにおかしかった。小部は笑いもしないで、またコップを持ちあげた。小部は酔っていない。奈美が見ていたところ、もう一人で一升は飲んでいる。市原さんは、もうへベレケになっている。新田は顔を猿のように赤くして、メンタイの干物ばかりかじっている。酒は弱いらしい。美代は小部の話に魅せられたように、小部の顔を穴の開く程に見つめていた。それを善次郎は嬉しそうに横から見やりながら、ときたま美代の袖を引いて、小部に酌をするように促していた。

小部はどちらかといえば小柄な方であった。性格も剛胆磊落というのでもなく、声も大して大きくなかったが、ともかく酒が好きで、酒が入ると、雲を得た龍の如く勢を得て、無性に愉快になるようであった。

美代も物事にこだわらず、カラカラとした性格で、ゲラゲラと大声をたてて笑い転げて、笑いをかみ殺している奈美をひやひやさせた。奈美にしてみれば、お見合いの席でくらいは乙に澄ましていたらどんなものだろうと、縁談の壊れることを内心で心配していた。あまりゲラゲラ笑い出すと、善次郎は自分でもおかしさをこらえながら、さすがに美代の尻を突いて注意していた。

南門の九時を告げる鐘が鳴り出すと、それを合図のように四囲の山寺の鐘も一斉に鳴り出す。満開の夜桜の下で、その殷々として鳴り響く鐘の音を聞いていると、遠く七百有余年の昔、李成桂華やかなりし頃が蘇ってくるようであった。

周囲の宴も少なくなり、奈美等の一組も腰をあげた。二升以上も一人で空けた小部は、さすがに立ちあがりによろけて美代に取り組ったが、五、六歩も歩くと、もう全く普通の人のようにさっさと歩きだした。

美代の縁談はまとまった。小部は美代の底抜けに明るい性格が気に入ったらしい。美代もまた小部の愉快さに一目惚れをしていた。話が決まれば早い方が良いというので、五月早々に式を挙げることになった。美代は二十三歳である。

全州においても不況の嵐は冷たかったので、美代の結婚式は身内だけでひっそりと行われた。新居は銀杏通りの古屋を借りて入った。

この銀杏通りというのは、大正町二丁目から高砂町へ出る間の大通りで、樹齢五百年といわれる老銀杏の大木が、通りの真ん中に立っていたからその名があった。その木を、道路拡張するにあたって切ることになって、地元の古老が、あの木を切ると祟りがある、と云って反対したのを一笑に付して切ってしまった。ところがその年に腸チフスが流行して死者が多勢出たため、木のあった側に銀杏地蔵堂を建てて、銀杏の霊を祭ってあった。

暫く家で遊んでいた奈美は、銀杏屋でまた手伝いに来て欲しい、というのでまた行くことになった。不況の中で、それでも心に安らぎを与えたのは、軽やかなメロディの「東京行進曲」であった。菊池寛の小説『東京行進曲』の活動写真は見なかったが、その主題歌を奈美は銀杏屋の蓄音機で聞いて覚えた。不景気といっても、父娘二人きりになり、暮らしは楽であった。奈美は数えで十九の娘盛りで、コロコロと太り、歩くより転がったほうが早い、などとからかわれたが、それだけに食欲も旺盛であった。善次郎と二人で一升のご飯が一日持たないのである。

「よう喰うなぁ。喰うて悪くはないが、腹も身の内だげに」

善次郎が呆れていうが、奈美は腹を押せば口から戻すほどに食べて、ふうふう云っている。新聞によれば内地では二百余万人の失業者が飢餓に苦しんでいたし、『蟹工船』が発表された年ではあったが、奈美にとっては幸せな青春の一時であった。

暮れになって、出雲のバッパが亡くなった悲報が入った。奈美は想い出をくどくどと善次郎に語り、何時までも泣いていた。奈美は善次郎とは別に香典を出雲に送った。バッパにはもう一度会って、幼時に世話になったことを一言お礼を云いたかった、と残念でならなかった。

昭和五年は暗闇の中に始まった。一月四日に、宮城道雄大検校が吉田清風らと共に釜山に演奏旅行に来た。釜山の野村大勾当から、暮れに演奏会の案内状が来ていたが、奈美は出雲のバッパの喪中という意味で、行くのを見合わせた。

一月十一日、大正六年以来事実上で失われていた金本位制が、十四年ぶりで旧に復したが、それは世界恐慌の渦中にあって、デフレーションを強め、経済界の不況を一層悪化させる結果となった。

この頃全州の人口は半島人一万七千余、内地人四千二百人余である。他に白系ロシア人、フランス人、中華民国人なども多く住んでいた。

世界恐慌の中で、全州府は大工場がないだけに、かえってよかったのかも知れない。大きな工場と言えば本町四丁目に専売局のタバコ工場が一画を占めてあったが、これは不況には全く関係がなかった。タバコの葉の栽培は、湖南平野の一つの産業であったから、農民も恵まれていたし、タバコの葉や製品を運ぶ馬子も仕事に困らなかった。オンドル用の紙も全州の特産品である。全州紙としての大阪紙、窓戸紙も高級品として知られ、手漉きであるから機械化生産のような打撃は受けなかった。全州米は朝鮮一の名もあり、二毛作の小麦、大麦、ショウガの名産地でもあった。

その点で全州府は住みよい処であった。ただ建築ブームは峠を過ぎて、更に不況の波に洗われて、建築業者は苦しい状態にあった。しかし善次郎は指物ができたし、また神社の屋根造りに関しては全州一という評判の宮大工としての特技があったので、あれこれと小さいながらも仕事には困らなかった。屋根といっても、寺院の屋根は曲線が多くて割り出しが非常に難しい。そんな訳で、善次郎は自分の請け負った仕事でなくても、「どうしても屋根が納まらないので、ご苦労願えませんか」

といって他の業者が泣きついてくる。だから、善次郎はいつも仕事はあった。

「無理しないで」

奈美が心配すると、善次郎は、

「なぁに、仕事に追われるときにゃ、病は近づかないものだ」
と気にしない。最近はさすがに遊里通いはしなくなり、遅くなっても六時には家に戻って来るので、二人で食事をし、奈美の立場は、かっての美代のように世話女房のようになっていた。善次郎は食事に好き嫌いはなかったので、おかずに面倒がなかったけれど、歯が悪いので、堅い物だけは嫌いなようであった。めんたいこが好きで、奈美が買っておくと、それだけでお茶づけにして食べて、終りにすることもあった。

奈美にとっても、善次郎にとっても安定した日々が続いていた。美代もたまに顔を出すと、のろけたあげくに、そそくさと帰っていく。その様子に善次郎は満足しているようであった。奈美も、姉夫婦はお似合いの夫婦だと思った。

奈美一家の平安な日々に対して、世界情勢は、不穏な方向へと走りつつあった。昭和六年九月十八日に勃発した柳条溝（湖）事件は、世界の注目を浴びた。まさか日本軍の謀略であるとは知らない日本人は、支那に対して大きな憎しみを抱いたものである。

「チャンコロの奴、小生意気な真似をしやがる。徹底的に叩き潰してやれ。ロシアから解放してやり、満洲をあれほどにしてやったのは、皆な日本人じゃないか。自分等では何もできない癖に、とんでもない奴等だ」

善次郎も新聞を読むと、吐き出すようにそう云った。奈美も同様に憤慨していた。天秤棒で野菜を担いで売りに来る中国人に八つあたりした。

「ちょっと王さん、あんた、よくズウズウしく売りにこられるね。あんたは敵なんだからね。もう何も買わないからよく覚えときな。戦争を仕掛けるなんてとんでもないよ」

奈美は、中国軍の卑怯なやり方に腹が立ってならない。

「日本人、みんなそう云って私せめる。私なにも知らない。兵隊した事、私関係ない。私日本人大好き。私わるいこと何もしない」

野菜売りは、しきりに自分は兵隊がしたことに全く関係がないと弁解する。そう云われてみれば、奈美もこの野菜売りを責める理由のないことに気付いて、

「堪忍堪忍、多買従前」

素直に謝意を表して野菜を買った。奈美はこの事件が大戦につながるなど予想だにしていなかった。世界中の人の多くもそうであったであろう。善次郎も、日露戦争の経験から、この事件もあっけなく納まると思っていたようであった。

この年、奈美は二十歳になった。新田は二十五歳。相変わらず善次郎と組んで仕事をしているので、よく家に顔を出していた。善次郎は奈美の婿にと思っているようであったが、新田は奈美を嫁に欲しいと思っているようであった。奈美にすれば、善次郎の面倒を見なければならないという気があるし、もっと別な月給取りとの結婚を望んでいた。善次郎も奈美の

その気持を理解したようであった。善次郎も自由業の良さと悪さをよく知っている。不況で苦しんだこともあったので、新田に、何処か大きな会社にでも入ることをすすめた。

「世の中は大きく変って来ている。わしが朝鮮に来た頃にゃ、家はいくら建てても足らなかった。今じゃ大きな建物の時代だ。鉄筋コンクリートの時代だ。勉強できるのは若い内だけだ。お前さんはまだ若い。悪い事はいわん。コンクリート建ての技術を勉強したほうがいいと思うがな。大きな会社に入って土木も勉強したがいい。コンクリート建ては大きな会社でなきゃ建たん。わしらの手には金がかかりすぎて手におえない」

善次郎にそう云われると、新田は心に何か期するものがあったのか、しきりにうなづいていた。

この頃、内地の農村は、極めて困窮していた。不作と不況のために娘を売り、借金のかたに田畑家屋敷を取られ、餓死、自殺も相継いでいると新聞が伝えていた。家も故郷も捨てて乞食となって都会へ流れた人も多い。そういう新聞記事を読んでいた善次郎は、何を思ったのか、亡妻トヨの実家と自分の実家にそれぞれ五十円も送った。

この頃のサラリーマンの月給は、学校教員五十円、女工二十一、二円、ダンサー百円前後。それに引き替え、山村の唯一の現金収入源であった炭焼きは一カ月通して六ないし九円にしかならず、大根一本三厘。一方、娘を売ると、五、六年契約で六、七百から一千円の現金が手に入った。もちろん売られた娘は、女郎として遊里で働かされた。

新聞に身売り防止を呼びかける記事が出る度に、奈美も出雲でひもじい思いで過ごした日々の事を思い出して、胸の締め付けられる思いをした。奈美は二五、六円の月収があり、善次郎も七、八十円の収入があったから、奈美は幸せなことを感謝していた。

お役人

満洲に暗く立ち籠めていた戦雲も、そのままにして明けた昭和七年は、一月八日に桜田門外において、昭和天皇が李奉昌に手榴弾を投げられるという事件があって、国民を緊張させた。そして二十八日には、ついに上海事変の火蓋が切って落された。

上海における戦闘は膠着して、奈美も気を揉んでいた。二月二十二日、廟行鎮で苦戦する日本軍の進路を阻んでいた鉄条網を爆破した決死隊の壮挙は、奈美を感動させた。

しかし三月に入って、満洲国が建国され、内地では団琢磨が暗殺されたという報道を読むにつけ、奈美は騒然とした世界情勢に憂鬱になるのであった。

新田は、ここ暫く家に顔を見せていなかったけれど、三月になって、手土産を持ってヒョッコリと家にやって来た。

「暫く来なかったが、何かあったのか…」

新田の顔を見ると、善次郎は、ホッとしたような様子であった。新田は何時になくニコニコしている。奈美には、それが何か気味悪く感じられた。善次郎の前に正座すると、新田は、手土産の赤い風呂敷包みを前にさし出した。

「なんだ、そんなこと、せんでもいい」

「いゃ、お礼の気持だけです」

そう云われて善次郎は、新田の顔をまじまじと見つめた。そんなことをされる覚えはない、という顔つきである。

「種々とお世話になりました」

新田は丁寧に頭をさげた。

「何に、今更、何だよ、いったい」

善次郎は戸惑いを見せて、新田と奈美の顔を交互に見比べた。

「実は…」

そう云いかけたとき、善次郎は新田の言葉を遮った。

「そうだろう、どうも変だと思った。やはり何かあったんだなぁ」

善次郎は、不吉なことを言い出すのではないかと、顔を少し曇らせた。奈美の方を振向いてから、善次郎はキセルを力なげにくわえた。

「実は、道庁に入ることになりました…」

新田は、興奮した面持で一気に喋った。

「道庁ッ…」

善次郎は、びっくりするような大声でオウム返しに聞き返した。これは全く予想していないことであった。奈美もお茶を注ぎかけて手を休めた。

「今まで黙っていたのですが、この間、試験があったのです。一人しか取らないのに、三十六人も受験したので…」

「それに受かったんかい、そらぁ、よかった、何課だい…」

善次郎は身を乗り出して、喜びを満身で表している。

「会計課営繕係です」

「そうかそうか、よく入れた。よく入れた。ううん…」

善次郎は、自分のことのように喜んで、幾度も大きくうなづいてみせてから、

「おい、奈美、着物を出せっ」

云いざま、善次郎が立ちあがった。奈美は怪訝な面もちで、善次郎の顔を流し目で見る。

「どこへ行くの、おっとさん」

「う、うン」

善次郎は、奈美の質問には答えずに、

「早くせんかッ」

と奈美をせかせておいて、

「遊廓にいこう」

新田に小声でささやいた。

「それは…」

新田は口ごもって、あまり気乗りしないそぶりを見せた。それを感じて、

「そうか、よすか。そうだな…」

仕方なさそうに小さくうなづき、善次郎はチラッと奈美の方を向いて、奈美と視線が合うや、あわてて横へ視線をそらせて、

「おい、奈美、着物はいい。酒だ、酒を買ってこい、特級だ、早くせい」

善次郎は、心持ちはしゃいでいるようであった。部屋の中を一巡して、善次郎はその場にドッカリと腰をおろした。奈美には、どれもこれも解しかねることばかりである。善次郎も新田も酒は飲まないから、何のために酒を買うのかわからない。

「それから、肉もだ。卵はあるか。すき焼きだ。今夜は祝いだ。新田さんの合格祝いだ。早

ようせんかい…」

善次郎は、自分のことのように嬉しさを隠しきれないで、奈美をせかせた。奈美はそういう善次郎の嬉しそうな顔を見るのは、初めてのような気がして、とても嬉しかった。奈美は新田を見ると、つい、寒い夜の座りこみを思い出す。あの時の善次郎の情けなさそうな姿が、嘘のように思えた。

善次郎は、ここのところ、ずっと遊廓へは通っていない。五十七という年齢的なものとも思えるが、体力の衰えからではなく、やはり年齢的な精神の安定のためのようである。

道庁が新規採用をおこなったのは、全州の人口が、三万七千八百余名になったことによる仕事の増加と、手不足解消のためである。新田が三十六人中で唯一人採用されたのは、設計ができて、実務経験もあったためである。営繕係は全羅北道内の官公庁関係建築の営繕に関する事務を一人で処理するのである。

その夜、すき焼きをつつきながら、飲めない酒を善次郎と新田は、それでもチビリチビリとやりながら楽しそうに語り合っていた。奈美にも飲めと云って、善次郎は盃をさしだした。せっかく良い機嫌になっている善次郎の機嫌を損ねては、と奈美は無理をして飲んだが、先にコーヒーを飲んでいたせいか、三、四杯飲んでも大して酔わなかった。飲めない等と云いながら、善次郎と新田は二人して一時間くらいで五合以上も飲んでしまった。酒に酔った二人は上機嫌で、佐渡オケサや安来節などを歌いだした。

新田は、やにわに立ちあがると、馴れた手付で手踊りをやり始めた。なかなか見事な手さばきである。これには善次郎も唖然として歌うのを止めて、新田の顔をしげしげと見つめた。それよりも奈美の方が一層眼を見晴らせてしまった。酒も飲めない新田が、これほどの芸人だとは、今まで思ってても見なかったからである。新田は、踊りの免許を持っていたのである。一差し舞い終ると、新田はよろけながら元の場所に座り込んだ。

「うぅん、うまいもんだ。相当月謝を払いましたね…」

芸のない善次郎は、しきりに感心していた。そして奈美に眼くばせをして新田に酌をさせた。

暫くして、じっと眼を閉じていた善次郎の顔が、いつしかコックリコックリと動き始めていた。

「おっとさん、おっとさん…」

奈美が起そうとすると、側から、

「構わないで、構わないで…」

新田が、奈美を制した。

「疲れが出たのでしょう。私はもう帰りますから、そっとしておいて下さい」

新田はそう云いながら立ち上った。酔っていて足元がおぼつかない。そう思って奈美が近づくと、

「大丈夫です。酔ってはいませんから」

奈美に笑顔を見せてそう云って二、三歩、歩きかけたが、ヨロヨロとよろけて新田が奈美に倒れかかった。あわてて奈美が新田を両手で支えた。と、いきなり新田は奈美を抱きしめて、びっくりして見あげる奈美の唇に接吻をした。あっという間の出来事であったので、奈美には全く抵抗が出来なかったというより、何がおこったのか理解するのに時間がかかった。

「好きです。好きです」

次の瞬間、この新田の言葉が、奈美の動揺している頭をぶんなぐった。

「おお、もう帰るのかぁ」

そのとき善次郎の声が背後でしたので、奈美は慌てて大声で返事をした。

「ええ、もう、お帰りになるのですって…」

「そうかい。今夜はここへ泊って行ったらどうだい」

善次郎は立ってきた。奈美は善次郎の視線から逃れて、新田の先に立って、玄関へと先に出た。

「いやぁ色々と準備がありますから、四月から出勤なんですよ…」

善次郎はそれ以上は引き留めなかった。新田が帰ってしまうと、善次郎は倒れるようにして畳の上に寝転がり、

「お前も、そろそろ嫁入りの支度をせにゃならんなあ…」

独りごとのように云うと、スウスウと軽やかな寝息をたてていた。


四月の半ばになって、市場の帰りに映画館の前を通ると、本格的な発声活動写真の宣伝をしていた。主演は渡辺篤に田中絹代、伊達里子。「マダムと女房」という題で、五所平之助が監督した松竹物である。映画館の入口に「土橋先生大発明の新式発声装置採用により、驚異、フイルムが生ける如く話し笑う。内地でも大評判のフイルム、ここに大公開」と朱書きされた大きな幟がはためいていた。その横でチンドン屋が笛太鼓で賑やかに客を招いていた。奈美はそれを横目で見ながら、特に見たいとも思わず、いそいそと通りすぎた。

いま奈美の心に、新田から接吻をされたということで一つの転機が来ていた。奈美に転機が来たように、世界情勢にもまた大きな変化が生じた。五月五日に上海事変の停戦協定が調印され、日本では九日に坂田山心中が新聞をにぎわせて、十五日にはいわゆる五・一五事件が東京で勃発し、人心をいやが上にも興奮させた。

農村では身売りが盛んな反面、都会ではモボ・モガがエロ、グロ、ナンセンス時代を招来

させていた。そういう内地の空気は、植民地朝鮮にもすぐに反映して来る。

紺の詰め襟服に編上靴であった新田も、好んでハイカラな身ごしらえをして奈美の処へ来た。しかし奈美は、それに対して少し反発を感じていた。やはり考えが古いのかもしれないし、それは、あの全高女の質実剛健の校風のせいかもしれなかった。

暫く来なかった新田が、九月に入って遊びに来た。ただ善次郎と世間話しをするだけであるが、狙いは奈美の顔を見るためである。眼も悪くないのに、ロイド眼鏡をかけて、黒檀のステッキをついている。すっかりモボぶっている。善次郎に見つめられて、新田は初めは少しきまり悪そうにしていたが、

「わりに似合うでしょう」

などという。奈美もよくよく見ると、眼鏡をかけた方がインテリに見えた。五角形の顔は雪国出身らしく色白で、頭は七三に分けて、紺色の杉綾の背広が新田によく似合う。

「流行だからなぁ。それにしても、お役人でなきゃ、ちょっと真似できん」

善次郎は、自分の息子でも見ているように、目を細めて喜んでいる。奈美はまだ素直には喜べないわだかまりがあるが、流行の波に素直に乗っていく新田に関心は高まっていた。

「こんど、妹の和子が牡丹江に行くかも知れません」

「牡丹江って、満洲のかい…」

善次郎が大声で聞き返した。最近少し耳が遠くなったようである。

「そうです。ソ連と満洲国境の牡丹江です。馬賊がいるそうで、物騒なので銃を持って行くそうです」

「ほう、鉄砲持って畑仕事じゃ大変だなぁ、開拓団も…」

「零下四十度にも下るらしいけれど、国から援助金が出るし、内地の雪の多い山の中にいるより、よっぽど満洲の方がましかも知れません」

「それで、もうきまったんですか…」

奈美も少なからず関心を持った。内地も東北地方は不作が続くことが多い。出雲も、米騒動のあった、あのひもじい奈美の想い出があるように貧しい。

「いや、まだですが、そういう相談がありました。何れ行くことになるでしょう」

新田は、それに賛成したようであった。新田の故郷は、半年も雪に埋もれる豪雪地なのである。満洲は寒いけれど、雪がほとんど降らないし、土地だけは広いから、その方がよい、と判断したようであった。

この頃、耕地の少ない山里から、大満洲開拓に大志を抱いて出国する若い人は多かったし、政府は国策として奨励していた。このとき、十三年後に奈美自身が満洲に渡ることになろうとは、夢だに想像することはできなかった。

昭和八年の松の内に、美代が小部と連れだって、家に新年の挨拶に来た。美代は妊娠八カ月の身重である。小部が、人前もはばからずに、

「痒い、痒い」

といいながら、しきりに陰部を掻いているので、善次郎が気にしている。

「止しなさいよ、みっともないから」

美代が、すっかり板に付いた女房ぶりで、横から小部の袖を引く。

「インキンか…」

善次郎が心配そうに聞く。

「遊んだのよ」

美代に云われて、小部は恥かしそうに頭をかいている。小部は女遊びをして性病を移されたらしい。美代は、夫が女遊びをしてきて病気までも移されていても、ケロリとしている。それを奈美は不潔に思えてならない。

前の年の十月に夫婦間の性病について問題にした「鳥潟博士令嬢事件」があって、まだ種々と新聞を賑わせていたので、奈美もそれに特に関心があったからでもあった。

「まったく変な女を買ってさ、もっと気の利いた娘と遊べばいいのにさ」

美代は、平気でそんな事を云う。

「姉さんはね、小部さんが浮気しても黙っているのォ。いやらしい病気まで移されて来ているっていうのに」

二人きりになったとき、奈美は美代にそう云った。美代は少し驚いたような顔をして、

「ばかだねえ、しょうがないじゃないの。私のお腹はこんなに大きいのよ」

如何にもばかばかしいというように、美代は笑いだした。その言葉を聞くと、奈美は黙り込んでしまった。美代がそれで満足しているのなら、奈美には何も云うことはない。それに、また美代に、お前は子供だ、といわれることが嫌で、奈美は黙ってしまった。

正月三日の昼過ぎに新田が手土産の干柿を持って来た。賞与で買ったという三十五円もする背広を着ている。十五円も出せば三つ揃いの背広が買えるのに、そんな高級品を買っている。新田の月給は四十八円で、米は一斗が二円二十銭で買えるから、独身の新田には、そんなおしゃれができるのである。靴もスマートな英国調、渋いグレーの中折れ帽子を被り、黒檀のステッキを手にして、さっそうと現れたので、奈美はすっかり見直してしまった。挨拶が終わるやいなや、

「私に奈美さんを下さい」

きちんと正座して、善次郎の前にかしこまった新田は、唐突に切り出した。

「ええッ…」

新田の云ったことが理解できなくて、善次郎は聞き返したが、すぐさまその意味を理解して、台所の入口にいた奈美の方を見やってから、低い声で、

「それは…」

と少し口ごもった。奈美はドキッとし、顔の火照って来るのを感じながら俯いている。折柄初雪がちらつき始めた。善次郎は新田の頭越しに外を見やって、

「雪が降ってきた…」

善次郎は話題を外らせるように、そうつぶやいた。その言葉に新田はつられて背後を振り向いた。その隙に奈美は台所へと出た。

「時期が来れば、黙っていても雪が降ってくる。毎年毎年、今年は降らないのかと思っていても、きまって松の内に降る」

善次郎は立上って窓辺へ寄った。雪は忍冬の葉を白く化粧していた。二人は無言で立ったままである。善次郎の胸中には、亡妻トヨの面影が去来していた。男の子がほしかったのに、トヨは女子ばかり四人も生んだ。一ダースの子を生むのだ、とはりきっていたのに早死にしてしまった。男の子は、とっくに諦めていた善次郎であったし、奈美には婿をとろうと決心していた。それがいつしか決心も鈍って来ていた。

そして今、一番恐れていたことが起ったのである。善次郎は奈美が初めて朝鮮に来た時のことを、思い出していた。猿のように目ばかり大きくオドオドして小さかった。これが自分の娘かと思うほどに、みすぼらしい姿をしていた。それを想い出して、善次郎はフフッと独り笑いをし、指折り数え始めた。

「こげになるかァ」

善次郎は奈美が全州に来てから、早や十二年になるのを知り、感慨深そうに頭を振っている。奈美は台所で二人の話に聞き耳をたてていた。屋根に積った雪がすぐに溶けて、その滴りが、軒端から地面の水たまりに落ちて、波紋が広がり、人と人の結びつきとその和の広がりを示しているようであった。

「なァ新田さん。わしゃ、奈美の気持次第なんだ。奈美とよう話し合ってくれないか。今更、婿に来いとは云えん。若い者同士で話し合ってくれないか」

善次郎は決心したようである。奈美を拘束することもできないし、さりとて婿にも来て貰えない。善次郎にしてみれば、奈美の縁談は嬉しくもあり、また他人にさらわれてしまうことの淋しさとで、善次郎の胸中は複雑で、視線を忍冬の上から離さずにそう云った。

新田が何か云おうとしたとき、善次郎はゆっくりと新田の方へ向き直って、軽く頷いて見せて、無言で娘を頼むぞ、というように新田の眼を凝視した。それから台所の方へ向いて大声で奈美を呼んだ。

「何にイ、おっとさん」

「わしゃ、ちょっと用があるけん出かける。新田さんが奈美に話があるそうだ」

そう告げると、善次郎はさっさと一人で家を出ていった。その後ろ姿が淋しそうで奈美には印象的であった。家に取り残された二人は、恥ずかしげに視線を反らせたが、新田は奈美の方へ一歩踏み出して、

「奈美さん、私と結婚して下さい。お父さんも奈美さん次第だと云いました」

新田の顔は、興奮して少し引きつっていた。

「私…」

云いかけて、奈美は躊躇した。奈美にしてみれば、年老いた善次郎のことが心配であった。善次郎が奈美の気持次第だといったのは、或いは奈美に婿をとって欲しい、という気持があったためではないか、と奈美には思えたからである。新田はそういう奈美の気持を察したのか、

「大丈夫です。お父さんを引取りますよ。隠居して貰って下さい。ねっ、それならいいんでしょう。結婚してくれますね…」

新田は勢いこんで云い終ると、一歩奈美の方へ踏み出した。奈美は少したじろいで半歩後

ろへ退ったが、新田はもう一歩踏み出して、両手で奈美の手を強く握りしめた。その手の指が冷たく奈美には感じられた。その冷たい感覚が、腕からじんわりと胸の方へ滲みて来るのが奈美には判った。

それほど奈美は冷静になっていた。奈美は結婚を決心した。部屋の中は静かで、音もなく降り続く粉雪が、ガラス窓に影を映していた。

第三章　湖南の四季

割れた花ビン

庭の隅にある樹齢三十年ほどの梅が満開になった。根元は奈美の手で一かかえほどの太さで、丈は二メートルばかりであり、これは上の方が虫喰いで折れてしまったからである。枝ぶりは良くないが幹に苔がむしていて、花は紅と白の混ざりなので、善次郎も大事にして念入りに手入れをしていたので、今年は見事に大きな花が付いていた。

「いい花だ。今年はいいことがあるぞ」

たまの日曜日、善次郎は戸を開け放して、縁側で花を楽しんでいる。奈美も洗濯を終えてやっと一段落して、善次郎にコーヒーをいれた。

「わしにはキモノはわからんから、銀杏屋の女将さんに頼んでおいた。よく相談して買っとくがいい」

「いいわよ、着物なんて。欲しいときに買うから…」

「そういうもんじゃやない。嫁に行くんだから、相手の親戚が朝鮮にいないいったって、嫁は嫁だ。美代の時は気がつかないで、何もしてやらなかった。母親がいないからって笑われないようにしなァいかん。新田さんはお役人様だ。体面もあるから、その辺は考えんといかん。ついい、今までの新田さんという軽い気持になるが、けじめをつけんといかん」

善次郎は何時になく重々しく云った。奈美もその語気に圧されて神妙になった。過去において、善次郎は新田と一緒に仕事をしていたが、自分の地位を新田より一段上として振舞っていた。それは事実そうであったから、それでよかった。今、新田は善次郎にとっては娘婿になるのだから、善次郎は自分を卑下する必要はなかった。

しかし、善次郎は、自分は一介の在野の建築業者であり、それに対する新田は何といっても朝鮮総督府の道庁の役人である、という社会的地位をしっかりと認識していた。善次郎には、群山府と全州府の街造りをしてきたという自信と誇りがあった。その誇りは、男の世界では他の男がそれを認めることによって成り立っている。今、新田は善次郎の社会的な地位を追い抜いた。これを素直に認めないわけにはいかなかった。そして、その新田に娘を嫁として出す善次郎としては、新田に恥をかかせてはならない、という嫁の父としての責任を感じていた。同じ嫁に出すといっても、小部の時は、小部の立場はまだ善次郎より下である、という善次郎の認識があったであろうし、不始末をしでかした娘への、わだかまりがあったのかもしれなかった。奈美は善次郎の気持がおぼろげながら判るような気がしたので、逆らわずにいた。

「ちゃんと化粧して、髪を結っておけよ」

善次郎は、珍しくそんな注意をする。実は今日、仲人が午後に来ることになっていたからである。間もなく善次郎は床屋に行くといって出かけた。

仲人の市原さんは三時すぎにやってきた。背が高くて紋付き袴がよく似合う。おかみさんは背が低く小太りで、見事な加賀染めを着ていた。

「いやあ、全くいいご縁ですなぁ。お互いに気心は判っているし、それにあいつはなかなか器用な奴で出世しますよ…」

市原さんは、とても機嫌がいい。市原さんは材木商で、善次郎と新田の共通の知人でもある。それから形どおりの結納品の交換をした。

「それにしても、どうなりますかなぁ、国際連盟の方は。こらぁ、ヒョッとすると脱退するかもしれませんなぁ…」

いつしか話題は政治問題に入る。政治問題が景気を左右するので、どうしても気になるのである。

「こう空気が悪いと、一度内地へ帰ってみたいと思うけれど、それもおっくうになりますなぁ。奈美が片ずいたら一度帰ろうと思っています」

善次郎は、懐から新聞紙の小切れを取り出して、シュルシュルと鼻汁をかんだ。

「いいですなぁ。私も暫く帰っていませんが、ちょいと帰れませんなぁ」

市原さんも深いため息をついた。

奈美と新田の結婚式は三月二十三日と決った。奈美は箪笥だけは良い物を買った。新婚生活は、清水町にある道庁の官舎で、ということになった。結婚式はそんなことで銀杏屋の広間で挙げた。朝鮮半島の南端に位置する麗水から、新田の姉夫婦が来たり、小部夫婦や新田、善次郎の仲間が集まり賑やかであった。

奈美の結婚した日に、ドイツ国会はヒットラーに独裁権を与え、奈美の運命が決まったように、世界の歴史も運命づけられたのであった。

その三日後に、美代が二男を生んだという知らせがあったので、奈美は新田をほうり出しておいて、手伝いに行った。そんな奈美に新田は小言の一つも云わずに、奈美が遅く帰ると、釜にご飯がたけていたので、奈美はすっかり恐縮してしまった。

善次郎は、当分独りで暮らすと云ってきかないので、好きなようにさせていた。美代が二人目も男の子を生んだというので、息子が欲しくて息子を得られなかった善次郎は、眼を細めて喜んでいた。

臨時枢密院本会議で、国連脱退に関する通知を可決したのは、昭和八年三月二十七日の事である。

「とうとう国連脱退か…」

「どうなるのかしら」

新聞を読んでいる新田に、お茶を入れながら、奈美が心配そうに聞いた。

「どうにもならんだろう。加盟していても同じ事さ。日本はどんどん支那（しな）から南洋へまで進出したいのだし、国連では、そうはさせないというのだから、こうならざるを得ないのだろう」

　こともなげにいう新田の言葉に、奈美は少なからず驚いた。

「脱退して、かえって不利にならないのかしら」

「なに、大丈夫さ。日本の強さは世界が認めているんだ。変な手だしはできないさ」

　新田はそう云いながら、煙草をふかした。奈美は世界情勢からみて、少なからず不安な気持であった。

　一週間後の夕方、善次郎が官舎の奈美の所に顔を出した。仕事の帰りだと云う。

「どげしてる、奈美…」

「あら、おっとさん、わざわざ…」

　奈美は急いで中に招き入れた。

「美代の所へ寄ってきた。でっかい赤子だった。あらぁ、長男よりでこくなるぞ」

　善次郎はご機嫌である。荒れていた一頃のけわしさは、微塵もなくなっていた。

「そう、寄ってきたの。私も、さっき帰ってきたところよ。姉さんに似て、よう肥えていたわ」

そういう奈美のエプロン姿を、善次郎はシゲシゲと見つめて、小声で心配そうに、

「どげだ。うまくいっているのか…」

奈美は小さくうなづいてみせて、ちょっと目を伏せた。

「それならいい。お前も早よう子供を作れや。わしも歳をとった…」

善次郎は眼をショボショボさせた。

「食べて行くでしょう…」

「ああ、そうするか」

二人が世間話をしていると新田が帰ってきた。玄関で奈美を呼ぶ大きな声がした。

「お帰りなさい。おっとさんが来ているのよ」

奈美はそそくさと玄関へ出て、新田から鞄を受けとった。その仕草が、すっかり主婦らしくなっているので、善次郎は安心したようであった。三人で夕食を共にしながら、新田が善次郎に、こっちに移ってくるようにと勧めたが、善次郎は、

「奈美に孫ができたら、子守に来るさ。それまでは邪魔になっちゃ悪いからなぁ」

そう云って善次郎は、どうしてもうんとは云わなかった。それなら夕飯だけでも食べに通ったら、ということになって、善次郎は承知した。

四月の半ばになって、四月分の月奉を貰うと、新田は奈美に五円を渡して、遊廓に行ってこいという。以前遊んだ時に、お金が足らなくて預けてあった羽織を貰ってこいというのであった。ビックリして、開いた口が閉まらなかったが、新田は特に弁解もしないし、奈美も嫌だともいえず、仕方なく翌日、相生町の川端にある長尾という鮮人が経営する長尾遊廓まで行くことにした。

その日は土曜日、午前中のせいか、遊廓の玄関先はガランとしている。夕方ならば、あちこちからやってきた若い男が出入りして、二階の窓から着物をはだけた若い男女の姿も見られるのであるが、静まり返っていた。近所には朝鮮長屋もあり、アガ（子供）が五、六人何事かわめきながら遊んでいた。奈美は少なからず気がひけて、暫くゆっくり歩きながら中の様子を窺い、立止って辺りを見回し、人気のないのを見定めて、思い切ってガラス戸のはまった広い玄関先に立った。間をおいて戸を細めに開けて、中へ声をかけた。

「ごめんください…」

声が小さかったせいか、返事がない。二度目は落着きも出てきて大声で呼んでみた。奥から小さな返事があって、トトトトと廊下を駆けて来る音がして、

「はい、はい、何か…」

顔を見せた木綿縞の小女は、客が若い女だったので、怪訝な面もちでジロジロと奈美を嘗

めるようにして見た。これには身の縮まるほどの羞恥を覚えた。善次郎が遊廓に行くと美代が激しく反発していたことが、奈美に思い出された。女にとっては、極めて感じの良いものではない。それでも奈美は身を引き締めながら、一歩前へ出て、

「あのぉ、お勘定を入れに来たのですが…」

「ああ、そんなら、ちょっと待ってください」

小女は云い残して奥へ駆け戻って行った。やがて小太りの四十がらみの女将らしい細面の女が、ニコニコし、手揉みをしながら出てきた。

「まあまあ、いらっしゃいませ。わざわざお持ち下さいまして恐縮に存じます。ええと、どちらさまでしたかねぇ…」

商売柄、いたって人当りがいい。それで奈美の緊張も緩んで、

「あのぉ、新田という者ですが、羽織が入っているそうで…」

「ああ、新田様ねぇ。すっかりご出世なされておめでとうございます」

女将さんは奈美に皆まで云わせないで、御愛想を云う。そして玄関の横の帳場に入って分厚い帳面をめくっていたが、

「はいはい新田様、五円ですねぇ。少しお待ち下さいまし。羽織をお持ち致します」

女将は奥へ消えて、暫くすると再びニコニコしながら、羽織を両手に押しいただくように

して出てきて、廊下にペタと座り込んで、奈美に羽織をさしだした。この遊郭に囲われてい
る遊女は、ほとんどが平壌の遠方から来ていた。李朝の時代の昔から賤民とか奴隷という身
分とされていた民の娘達ばかりではなく、身を持ち崩したヤンバン出も、遠くから来てひっ
そりと生きていた。遊郭で暮らす女達は、身の上を語る時は、必ず、他人のために犠牲に
なっていると云い、親に売られたとか、自分で身を持ち崩したとか、自分の能力がなく働き
口がないためとは決して云わず、全てを他人のせいにしていたと、奈美は善次郎から聞いた
ことがあった。
遊廓を出て、すぐの四つ角で、奈美は女学校の級友だった山本展子に出逢った。
「あらぁ、奈美さぁん」
展子が先に見つけて声をかけてきた。突然だったので奈美はびっくりした。展子の実家は、
この四つ角にあった。里帰りしたらしく、展子は背に赤子を負っている。久しぶりなので、
展子はあれこれと矢継ぎ早に話しかけ、途中まで一緒だった。
「ねね、聞いて、私の隣に富永さんがいたでしょう。一年生の時に抹茶の茶碗を貰ったのよ。
それを今ごろ返せっていうのよ」
展子は高ぶった声で早口で奈美に訴えた。
「それ、貰ったのでしょう…」

「そうよ、いつも英語を教えてやったのよ。そのお礼といってくれたのよ」

「呆れたねえ…、そんな昔のことなの…」

「そうなのよ。やった物を返せというのはヨボみたいねと言ってやったの」

「どうだったの…」

「黙ったわ。その茶碗割れたので、とっくに捨てたのよ。父に話したら、両班って、賤民や奴隷に横暴にやって来たので、なんでも猿みたいに自己中心に考えるんですって、私はとても付き合えないわ」

「それで富永さんって、友達が居なかったのね…」

　奈美はあまり関わりたくないと思った。展子から、女学校の中枝先生が入院しているので、見舞いに行こうと誘われて、奈美は一時に道立病院の前で待ち合わせた。中枝先生は女学校で奈美らの音楽の先生であった。展子が先生を好きになって、音楽の時間にピアノの中に恋文を入れたことがあった、その中枝先生である。展子は今でも先生のことを忘れられないでいるらしかった。

　中枝先生は心臓が悪いという。二人が病室に顔を出すと、先生はびっくりしてベッドから起上った。思ったより顔色はよいと奈美には感じられた。

「先生っ、お久しぶりでございます。藤野奈美でございます」

「ああ、驚いた。夢かと思ったよ。嬉しいねぇ。山本君も一緒だなんて、本当に久しぶりだねぇ。ああ、そうして二人並んでいるのを見ると、思い出すよ。君達がまだ女学校にいた頃のことをね。よかったねぇ、あの頃は。そうそう、こんな大きなバックルを付けてねぇ、このくらいもあったかねぇ、うん。でも、あの頃はよかった。なにもかも新しいことばかりでねぇ。私も初めてのご奉公だった。ああ、君はお子さんがいるのだねぇ。藤野君はまだなのかね…」

先生は、二人があっけにとられるぐらいに早口で、次から次へとしゃべりまくった。きっと、一人ポツネンとして訪う人もなくて、淋しかったのであろう。

「そうなんですよ、奈美さんは、まだ新婚ほやほやなんですよ」

「ほう、そうかね、きっとすてきな人なんだろうねぇ」

「ええ、道庁のお役人様なんですよ。七年越しの恋が実ったのですよ」

「ほう、そりゃ、そりゃ、ふうん、幸せそうで、活々しているね。うらやましいよ」

そう云って、先生は淋しそうに俯いてしまった。奈美は持ってきた卵を、部屋の隅の物入れにしまおうとして、傍らの台の上に花が活けられているのに気がついた。白い細長の花瓶に水仙が活けられており、洋室に合ったモダンな活け方は、一目で「安達式飾花」だと奈美には判った。

「こんな花を活けられる人なんて、そう多くはいない。ひょっとして柳井先生が来られたのではないかしら」

奈美は、何故かそう思った。これは直感であった。

「すてきなお花ですね。先生が活けられたのでしょうか」

奈美は、何故か嫉妬に似た感情で、そう質問した。

「えっ、ああ、いや、私はだめ…」

「先生っ。きっとすてきな女性でしょう」

「うっ、はははははっ…」

先生は、ただ笑った。その笑顔がとても楽しそうに、奈美には思えた。

「その方と、ご結婚なさるのですか」

奈美は失礼を承知で、意地悪な質問をした。

「さあ、ねぇ…」

先生は口を濁した。それは隠すためではないように、奈美には感じられた。ひょっとして、自分の身体のことを考えて、結婚を諦めているのかも知れない、と思った。そのくせ、奈美は更に意地の悪い質問をした。

「どうしてその方と、ご結婚をなさらないのですか」

先生は、眼を細めて奈美を見やって、

「ホワィ、ホワィ…」

とつぶやいた。その声が心なしか弱々しく、奈美には感じられた。

「ごめんなさい、先生。失礼を申しあげてしまって…」

奈美は心から謝った。先生は笑いながら、

「いいんだよ。君達のような恋人が二人もいちゃ、結婚もできないよ、フフフッ…」

先生の笑いに、二人も合わせてホホホと笑った。

「やあ、今日は久しぶりに笑ったよ。毎日毎日同じ天井と窓の外を見ていると、笑いもどこかへいってしまって、ここに寄りつかない。よかったら夕方までもいて下さい」

先生は二人に話をする暇さえ与えないで、次々に話題を変えるのであった。

奈美が家に帰ると四時前であった。市場に寄ったので遅くなった。

「どこへ行っていたんだっ…」

奈美の姿を見ると、新田がいきなり怒鳴った。

「買物よ」

びっくりした奈美は、とっさにそう答え、むっとして台所へ入った。

「買物に三時間も四時間もかかるのかっ」

奈美は、新田が何故そんなに怒っているのか判らない。

「早く帰るからって、云っておいたじゃないか…」

新田は洋服を着たまま寝ころんでいる。それくらいのことで怒られる理由がないと思っている奈美は、

「そんなに大声を出さなくたって、いいじゃないの、みっともない」

腹に据えかねた奈美は、口を返した。それを聞くや、新田は、いきなり起きあがりざま、

「何をっ」

叫んで、床の間に置いてあった花瓶を掴むや、奈美をめがけてハッシと投げつけた。的は外れて、花瓶は奈美の側の柱に命中して割れ、飛散した。

「ＭＡＤ　ＹＯＵ！」

叫んで、奈美は台所へ駆け込んだ。何んて野蛮な人なんだろう。悔し涙が、いつしか諦めに変って乾いた。しかし、少し家を空けたというだけで、何故にこんなに怒られるのか奈美には判らなかったので、その事だけが何時までも奈美の心に残った。

新田にすれば、給料を貰った直後であるし、二人でちょっと出かけようという計画をたてて、奈美を喜ばすために、わざと内緒にしていたのである。それだけに、楽しく鼻歌交じりで帰ってきてみると奈美はいないし、今来るか今来るかと頸を長くして待てど暮らせど帰っ

てこない。やっと帰ってきたと思えば日暮れだったので、癇癪を起したのである。そんなことなど奈美は知る由もなかった。

夕餉の支度ができあがった頃、善次郎が夕飯を食べにやってきた。

割れて飛散した花瓶を見て、善次郎が大声で奈美を呼んだ。

「奈美っ、奈美っ」

「はあい…」

ほっとした気持で、奈美が台所から顔を出すと、善次郎は、しゃがんで花瓶の破片を拾い集めていた。

「どうしたんだ、これは…」

奈美の顔を見つめてそう云ったものの、新田に気付いて、その後は黙ってしまった。新田は自分で床をとって隣の部屋で寝ていた。頭まで布団を被っている。奈美はクスッと笑って箒を取りに部屋を出た。

やがて配膳をしても新田は出て来なかった。善次郎と顔を合わすことが気まずかったのであろう。父の手前、無視もできないので、奈美が呼びにいくと、新田は両手で掛布団の縁を押さえて、一言だけ、

「いらん」

と答えた。暫く思案顔で立っていた奈美は、もう一度声をかけた。

「冷えてしまうわよ。こっちに持ってこようかね」

新田は知らぬ顔をしていた。諦めた奈美は引き返して、小盆に載せて新田の夕食を寝床まで運んだ。気まずい思いをした善次郎は何も云わずに、急いで夕食を食べると、お茶を一口、口に含んだだけで、そそくさと、背を丸めて自分の家に帰っていった。

翌日の日曜日には、新田は三時ごろまで不貞寝をしていた。奈美がご飯を持っていっても黙ったまま寝たふりをしているので、奈美も知らぬ顔をしていた。前の夕食からなので、三食も食べていないのだが、よく辛抱して我を張っておれるものだと、奈美は感心したり呆れると共に、おかしくもあった。

それでも三時過ぎになると、亀の子のように布団から首だけ出して、ごそごそと煙草盆を引き寄せ、一本もないのを知るや、がっかりして再び布団の中に潜ったが、煙草好きな新田は、煙草が無いことだけには辛抱しきれなかったとみえて、仕方無しに、

「おおい、おおい、煙草をもってこい」

大声で奈美を呼んだ。奈美が買置のマコーを持っていくと、黙って受取り、昨夕からの分を一気に喫うかのように、スパスパとせわしげに喫ってから、のそのそと、きまり悪そうに起きて来た。しかし奈美は、知らぬふりをして放っておいた。

新田は夕飯まで机に向って、ごそごそと何やらしながら、おとなしくしていた。これが奈美の結婚後初めての夫婦喧嘩の始末であった。

昭和八年八月九日に、東京地方で初めての防空演習があって、その新聞記事を読むと、国連を脱退しているだけに、第一次世界大戦時のドイツのそれのように、戦火の禍に巻き込まれる不安を、奈美は感じないではおられなかった。

「今度大戦になったら、飛行機の数で勝負が決まってしまうだろうなあ。それにしても、東京で防空演習をするようじゃ、心細い話だ。こらァ、戦争にならんうちに、一辺故郷へ帰ってみるとするかなぁ…」

善次郎が、夕飯の後で長いため息を漏らした。

「そうしたらいいわよ。だいぶん帰っていないないじゃないの…」

奈美もそれに賛成した。

新田は時間になると几帳面に真っ直ぐ家に帰ってきた。そして帰るなりすぐに夕飯が食べられないと機嫌が悪かった。奈美もどうせ暇なんだからと、帰ってきたらすぐに食べられるように膳を出して待っていた。

夕食後は連れだって散歩したり、美代の家に寄ってみたりすることもあった。やがて二百十日も過ぎると、めっきり秋らしくなって、奈美の食欲もぐんとあがり、十月の初めになると、奈美は妊娠をしたことに気がついた。

「ねえ、できたらしいの」

その夜、奈美は母となる喜びで興奮していた。

「そうか、できたか」

新田も半身を起して、しげしげと奈美のお腹の辺りを見やった。

「男かな」

突然思い出したように新田が云った。

「さあ、女かも知れない」

奈美はそんな気がした。

お爺ちゃんの街

七カ月の身重である奈美にとっては、満洲国が帝政となったことも、大した問題ではなかった。家庭の主婦の座におさまって、だれもがそうであるように、家庭の雑事に追われて、政治問題にまで頭が廻らない。特に妊娠という身体の変化が、そういう難しい問題への関心を疎ませていた。

朝からカラッと晴れ渡った日曜日であったが、奈美は何をするのもおっくうで、じっとしていた。豊南門や多果亭の時鐘が聞こえてきた。もう六時らしい。銭湯に行っていた善次郎も帰って来たようであった。

奈美の身重な身体を心配して、新田が善次郎に家に来るように頼んで、善次郎は承知した。善次郎はもう仕事はしていなかった。それでも業者の寄合い等には、ちょくちょく顔を出したり、たまに仕事を請負って、自分ではせずに若い大工に下請けさせているようであった。それについて奈美は特に聞いてもみなかった。善次郎も何とも云わなかった。ただ、新田に気兼ねして、自分の食費ぐらいは自分で稼ぐという気構えで、奈美の所に引っ越してきてからは、毎月決って十円ずつ奈美に手渡ししていた。

「こんなに沢山もらっていいの」

「なあに、わしが持っていても、何も買う物もない。赤ん坊の物も入り用になる。お前の好きな物でも買うがいい」

そう云われると奈美は本当に嬉しかった。実をいうと、新田は五十円の俸給も、貯金しろ貯金しろと云って奈美には無駄使いをさせなかったので、生活に充分な俸給を貰いながらも、台所は火の車で、奈美はやりくりが大変だったので、借家を引き払って善次郎が家に移ってくることになった時には、少なからず不安であった。それを善次郎は承知していたようで、家事に疎い男といっても、父親の有難さが奈美の心に滲みた。善次郎は、食費の他に、薪炭などが無くなると取り寄せて、自分で代金を払っていた。それを奈美は黙っていた。そうすることで善次郎が、新田に気兼ねせずにおられるのなら、それでよいと思っていた。

善次郎は、盆栽をあれこれ集めていたが、それを狭い庭先に並べていた。新田はそれを見て、善次郎のためにも早く広い庭のある家に移りたい、と考えているようであった。その一心が、結婚以来、女遊びをするでなく、家計を切詰めて貯金せよといっているのであった。その貯金も、銀行や郵便貯金よりも利回りがよく、借りるにも便利だということで完山金融組合を利用していた。

ある日、新田が道庁の帰りにカマチを一匹ぶらさげて帰って来た。カマチはカムルチというのが正式名で、内地では雷魚、台湾ドジョウなどともいっている。非常に獰猛な魚で、空気呼吸もできる精力的な魚なので、精がつくといって珍重されていた。このカマチは川よりも沼を好み、一里ほど北にある徳津（トクシン）の蓮池には多く、一メートルを超える大物も棲息していた。

「何っ、これ、大きな魚ね、まだ生きているじゃないの」

奈美は流し台に放りだされて、鰓を大きく膨らませているカマチを、気味悪げに見おろした。鱗がマムシのように気味の悪い紋をなしている。

「カマチだよ。徳津の池で獲れたって、現場の人夫が持っていたので買ってきた。精がつくそうだ。何だ、もうおつゆはできたのか」

新田は背伸びして鍋の方を見た。

「これからお味噌を入れるのよ」

「丁度いい。ぶつ切りにして入れよう。おれが料理してやる」

新田は上着を脱いで、それを部屋の方へ投げてから、無造作にカマチの頭を切り放して臓物を出すと、五センチぐらいの幅にブツ切りにして鍋の中に入れた。

新田が着物に着替えていると、善次郎がマテ貝をぶらさげて帰ってきた。

「あら、おいしそう。高かったでしょう」

奈美は包みを受けとって、一個を取り出し、端を持って二、三回横に振ってみた。

「精がつくそうだ」

そう云って、善次郎はヒクヒクと鼻をうごめかせ、鍋の方を見て、

「うまそうな匂いだ」

「そう、大きなカマチなのよ。徳津で採れたのを買ってきてくれたのよ」

「カマチか。そりゃ、精がつく」

善次郎は急にしょんぼりして奥へ入って行った。奈美を喜ばせようと思ってマテ貝を買っ

て来たのに、新田がカマチを買ってきたことに、善次郎は負けたと思ったようである。このマテ貝は洋剃刀の柄に似ていて、朝鮮南部の海には十五ないし十六センチのものが多く生息していいる。

「網を買おうかと思っています」

善次郎が飯台の前に座るのを待っていたかのように、新田が話しかけた。

「あみっ…」

キセルを出しながら、善次郎が聞き返した。

「投網です。魚も高くなったので、少し獲ってこようと思っています」

「そりゃいい。だが、相当するだろうなあ…」

善次郎がキセルに、水府（キザミたばこの銘柄）の袋から一摘みのキザミをつまみ出して軽く詰めた。

「いや、中古ですよ。新品同様な出物が有ったので、懐古堂のおやじにとっておくように頼んでおきました」

「そりゃよかった。堤防の穴にゃ、鰻がだいぶんいるらしい。鰻針も安いのがあった。わしが買うてこよう」

善次郎も大乗り気であった。その時、夕飯の支度ができた。

「おっとさん、カマチよ、冷えないうちに食べてよ」

奈美は、二人の楽しそうな話を聞きながら、おつゆを注いだ。善次郎はキセルを口から離すと、鼻をヒクヒクさせながら、

「うん。うまそうだ。カマチは春先が一番うまいそうだ。どれ、ご馳走になるか」

善次郎は飯台の前へいざり寄った。

「久しぶりだなぁ。わしゃ全州に来てから、まだ三回しか食べていない。奈美、お前にゃいいんだ。マテ貝よりよっぽど精がつく。うんと食べろ」

善次郎は、箸で椀の中のカマチを突いた。身重の奈美のために、図らずも二人が思い思いの物を買って来てくれたその気持が、奈美にはジインと心に嬉しく滲みた。


五月は一年を通して全州で一番よい季節である。畑には大麦が豊かに実り、陸稲の芽が青く出揃っている。水田には水が満たされ白く光りを映す。浅緑の稲の間を黒豆をまき散らしたようにオタマジャクシが群れている。小鷺が群れ、餌をあさり、あるいは飛び立つ。夕方ともなれば、山水画のように遠くの山には夕靄が立ちこめ、山寺の時鐘が近隣の峯峯に響きわたる頃には、此処彼処で夕餉の白い煙が細く立上る。まるで一幅の山水画のようである。

半島人が金網を張ったチゲ（Y型になった木を二本並列して又部に荷物を載せて背負う道

具）に松葉を拾い集めて、暗い帳のかかってきた山道をとぼとぼと降りてくる。山には赤松が多いので、彼らは熊手で落葉をかき集めてきて燃料にするのである。

彼らの多くは昔から私有地を持たず、公有地に入会権を持っているにしか過ぎなかった。日韓併合直後の朝鮮総督府は、土地調査令によって合法的に公有地を公収したので、彼らは薪すら自由に採って来れず、落葉を拾ってきて麦飯を炊くのである。

奈美が朝鮮へ来てから、この五月でちょうど十四年目を迎えた。薄汚れた着物を来て、目ばかりキロキロとして猿公のようであった奈美が、初めて鯉幟を見たのも全州に来てからであった。

奈美が大きなお腹をかかえて縁先に出てみると、前の家の塀越しに緋鯉の尾先がこちら側へ入って来ていた。それを見あげながら、奈美は善次郎に手を引かれて学校へ転入の手続きをした帰りに、初めて見る鯉幟を物珍しく立止って見あげたことを思い出していた。

新田は、役所が終ると几帳面に帰ってきた。たまに雨が降ると、大急ぎで帰ってきて、投網を持って全州川へ駆けて行った。全州川は吉野山の近くで堰止めてあるので、水流は穏かで、水草水藻も繁茂しているところから、魚類は非常に豊富であった。雨が降ると水が濁って水流が激しくなるため、魚類は岸の方へと寄ってくるので、それを狙って新田は、雨が降ると投網を川岸近くへ打つのである。一網で二、三十匹は入っている。鮒、はや、おいかわ、時には鰻も入る。特製の大きな魚籠に一杯になると、新田はさっさと帰ってくる。それからは奈美の仕事であった。魚の腹を割いて、焼いて、甘辛く甘露煮にするのである。それが夜遅くまでかかるので、奈美には苦痛であった。ところが翌日には三人してペロペロと全部平らげてしまうので、奈美はがっかりすることもあった。

五月も下旬になって、麗水から花江が手伝いにきた。新田の姉が嫁いだ大木正二は、仕事に失敗して麗水で古物商を始めていたが、長女の花江は今年小学校を卒えて家でぶらぶらしていた。花江は土産にアラメを持ってきた。

麗水は朝鮮半島の南端、麗水半島の最南端にある港町で、東方海上には南海島がある。李朝時代には水軍節度使が置かれ、また壬辰の役には李舜臣が活躍して秀吉軍を悩ませた古戦場でもある。

花江が来たので、奈美も気楽になったが、まだ十三歳の花江は、奈美の思うようにはしてくれなくて、かえって気重に感じることもあった。

「花ちゃん、お客さんよ」

奈美が大声で呼んでも、知らぬ顔をしていることもある。花江は近眼のうえに耳が遠かった。麗水の海で溺れて中耳炎になったのだという。奈美は花江に眼鏡を買って与えた。身体が大きいせいか動作も緩慢で、ぜいぜいと小猫のような息をついている。そういう花江を見ているると、奈美は歯がゆいというより、何故か母性愛を駆り立てられるのであった。

「おばさん、今晩は何にしますか…」

「カレーライスにしなさい。牛肉を四百匁と、ジャガイモを五百匁買って来て置きなさい。それからイチゴが出ていたら五百匁も買っておいで」

そういってから、奈美は紙に買う物を書いて渡す。暫くすると南門の近くの市場から帰ってきて、花江が台所でゴソゴソとやっている。覗きに行くと、玉ねぎが目に滲みた、といって泣いている。

「眼鏡をかけていたらいいじゃないの」

というと、

「私、眼は悪くないの」

と強情を張っている。その夜、花江の作ったカレーライスを前にして、

「これ花ちゃんが一人で作ったのよ。初めてだというけれど、とてもおいしいよ」

まず奈美が誉めると、善次郎が一口食べてみて、

「うん、うまい。奈美のより、よっぽどうまい。奈美が初めて全州に来たのは今ごろだったかな、女学校へ行くようになって、初めて作ったカレー、ありゃ喰われなかったな、ハッハハハハ」

善次郎は愉快そうに笑いだした。

「だって、あれは美代姉さんが悪いのよ。古くなったから、沢山入れないとカレー粉が利かないよって云うからよ」

奈美は笑いながら弁解した。新田は側でニヤニヤ笑っている。それを奈美が見て、

「変な笑い方、何よ…」

睨むようにして云うと、新田はプッと吹き出して、ゲラゲラと笑いだした。

「何よ、気味が悪い…」

奈美は、ちょっとふくれて見せた。新田はまだ笑っている。

「云いなさいよ、何のことよ…」

奈美はむきになる。

「西瓜だよ…」

新田にそう云われて、奈美は自分でもプッと吹き出してしまった。

「あれは…」

弁解しようもなくて、奈美は後の言葉を濁した。この頃はまだ西瓜は一般的な食物ではなかった。去年の夏に西瓜を買ってきたのであるが、まだ西瓜を食べたことがなかった奈美は、瓜と同じものだと思って、種と共に肝心の赤身を捨てて、白い皮の処を残してしまったので

ある。そのことは善次郎も知っていたので、ククク ッと小さく笑っていた。花江は何も判らないので、三人の顔を上目使いで見比べていた。

何時になく和気あいあいの空気の中に夕飯が終ってから、新田が思い出したように聞いた。

「ああ、今日放送局から誰か来なかったかい」

「さあ、来なかったけれど、何かしら」

「うん、ラジオを買うことにした。今日、役所に来たんだ。新式の真空管が四球も入っている高級品だ」

「ラジオ、いいわね。でも、高いんでしょう」

奈美は、つい値段が気にかかる。

「三十五円だ…」

「三十五円もするの…」

奈美は驚いて聞き返した。この頃、米が一俵四円五十銭で買えたからである。

「なあに、一年払いでいいんだって。機械は朝鮮放送協会の保証付きだ」

「そうなの。そんならいいけれど…」

奈美は安心した。月に三円ぐらいなら、どうにか払っていけると思った。貯金は五百円近くになっていたが、新田は土地を買うのだと一生懸命であるから、それには手は着けられない。どうやって支払おうか、ととっさに考えたからであった。

善次郎は関心があるくせに、関心がないようなふりをして、懐から老眼鏡を出して傍らの新聞を取り寄せて、

「帝人事件は、まだくすぶっているようだな。金持のやる事ぁ桁がでっかい。伊東さんな、これで大損したと云うとった。いい株だけど、こういう事件がらみじゃ下っちまう。株にゃ手を出すもんじゃない」

善次郎は一人でうなずいていた。


さっきから、奈美はズキズキとお腹の痛みを感じていたから、それどころではなかった。

「陣痛らしいの」

奈美は、布団に潜り込んだままで、タバコをふかしていた新田に云った。

「五日か六日じゃなかったのか…」

そう云ったものの、心配そうに新田は起きあがった。

「産婆さんはそう云っていたけれど、でもズキズキするのよ。心配だから電話かけて、来て貰って」

奈美の顔は少し青ざめていた。それで新田は、慌てたように服を着替えて外へ飛び出して

行った。善次郎が台所でバタバタとお湯を沸かし始めた頃、奈美のお腹の痛みはピタリと止ってしまった。そこへ新田と産婆さんが入ってきた。

「大丈夫ですよ。呼吸がとても楽になったでしょう。赤ちゃんが下へ降りたのですよ。二十分おきぐらいに痛むかも知れませんが、小きざみに陣痛が来たら知らせて下さい。これで、だいたい予定どおりです」

産婆さんは、そう云って帰った。初めての事なので、奈美も皆もうろたえたのである。それに引きかえて花江は、その頃になってのっそりと起きてきた。

奈美に激しい陣痛が来たのは、五日後であった。新田は道庁へ出かけ、善次郎も業者の集会があると云って出かけたばかりで、奈美は気分もよかったし、十時ごろに産婆さんも来てみる、ということになっていたので安心していたのである。花江は台所で用心のために、とお湯を沸かしていたが、奈美が呼んでも耳が遠くて聞こえないらしい。奈美は、枕元に置いてあった洗面器を櫛で叩いて、やっと花江が駆けてきた。ところが花江は電話が怖くて電話をかけられないと云う。仕方なしに隣の奥さんを呼んで来て産婆さんを呼ぶやら、新田と善次郎の処に電話をかけてもらうやらの大騒ぎであった。気が張りつめていたせいか、陣痛に対する不安も消し飛んで、産婆さんが来たという安心感からか、楽な安産であった。工事現場へ行っていた新田は、遅くなって自転車で慌てて帰って来た。

「男か、女か」

大声で奈美を呼んで、ドタドタと部屋へ駆け込んで来た。善次郎はまだ来ていない。奈美は美代に来て貰うはずであったが、小部が満洲国の奉天市に行っていたので、そこへ子供をつれて行って美代は留守であった。

「無事お生まれになりましたよ。お嬢さまです。五体揃った立派な赤ちゃんですよ」

産婆さんは、赤子に着物を着せながら、新田を振返った。女と聞いて、新田は少しガッカリしたように、奈美には感じられた。

「最初は女がいい。よかったよかった」

新田が奈美の枕もとに座って、やさしく声をかけ、額の乱れ毛を直した。奈美は新田の言葉を、善次郎が、女ばかり生んだトヨに、子供は一ダース作るから、と慰めたことと同じなのではないかと、ふと思った。それでもやさしくされたことで、先程の死ぬほどの陣痛も、今は母となった喜びと誇りを強く感じていた。間もなく帰って来た善次郎も、

「男か…」

と声をはずませて入って来たが、女だと知ってガッカリした様子を示したものの、じっとしておれないというように、うろうろと部屋の中を動き廻って喜んでいた。

七日目、赤子に明子と名づけた。三人は夕飯をすませて多果亭の山の全州神社にお参りに

出かけた。大正町から本町へ出て、全州川の橋を西に渡ると、すぐ左手に多果亭の山がある。右手には吉野山があり、古墳が幾つかあった。

多果亭の全州神社は、元は李氏の氏神であった。鳥居をくぐるとすぐ右手に講武所があって、半島人の神主達が毎朝夕、梓弓の練習に励んでいた。梓弓は古代王宮において、王の長女である巫子（フシ＝占いをする女）が神霊を呼び寄せるために用いたものである。

奈美達は社務所の前を通って、突当りの山際の辺りから右手へ折れて、緩やかな長い女坂を二曲りしてあがると、平らな処へ出た。約三十メートル前方に東方を向いて神社が二つ並んでいた。その一つは日本の神社である。日本の神社は昭和十五年に吉野山に移されるが、設計監督は新田が行ない、善次郎の後輩が施工した。ここに至る女坂の途中で、奈美は赤子に持たせた銭包みを厄落しに落した。神主にお祓をして貰ってから、坂の降口で下方を眺めると、全州川が眼下に白く光り、全州市街の大半が望見できた。右手南方に南固山が黒く霞んで見え、左手の吉野山は夕焼けで山頂を紅く染めていた。

「よう眠っているなあ」

新田が明子の顔に、自分の額をくっつけるようにして見つめた。

「大分、あの辺に、家が増えたものだ」

善次郎も寄ってきて、街の方を一通り見渡して、

「わしが来た頃にゃ、まだ、あの辺にゃ、ちょぼちょぼと家があるだけだった」

善次郎は、大正町の方を指さしてしんみりとして言った。

「あの街は、わしが造ったようなもんだ。あの辺の家は皆わしが建てたんだ…」

そう云う善次郎の瞳は、活々として輝いていた。開拓者の誇りと喜び、建設者の愉びなのであろう。奈美はそう云う善次郎の、満足そうな表情に、暫しみとれていた。

「どうだ奈美、いい晩だ。わしの一番嬉しい晩だ。こっちへ来い。電灯が今夜は馬鹿に綺麗じゃないか。明子にも、ようく見せてやるがいい…」

善次郎の声が弾んでいる。奈美はひょいと後の新田を振り向いてニコと笑って見せて、善次郎の側へ静かに寄った。すると善次郎は、奈美から明子をこわごわと受取って、

「眠っていたんか、寝てたんか。お爺ちゃんだぞ。ほらほら街を見てみろ。お爺ちゃんが造った全州の街だよ。街は月日と共にどんどん発展していくが、街造りをした大工なんぞは、誰も覚えとらん。大工がいなけりゃ、街はできないんだ。な、な、明子、覚えておけよ。この全州の街は、お爺ちゃんが、汗流して造ったんだ。お爺ちゃんの汗が染み込んだ家が、ビッシリと建並んでいるだろう…」

善次郎は節くれだった両手で、明子を抱きあげて、自慢するように街の方を見せた。明子は、まだ目は見えないのだが、奈美は黙って新田に寄添って、善次郎を楽しそうに見つめて

いた。善次郎がそのようなことに、誇りを持っていたことを、奈美は初めて知った。

日本の植民地政策の尖兵となって、朝鮮において日本の街造りを続けて来た善次郎にとっては、日本人街の発展は、そのまま善次郎の実績であり、記念碑でもあった。

今現役を退いて、初めて、改めて高所から眺めて見た全州の街に、善次郎は仕事一筋で来た自分の姿を見たのであろう。街には洋式建築がどんどん増加して、街の性格も変りつつある。善次郎は自分の時代が終ったことをよく知っていた。それは淋しいことであった。このまま忘れ去られる事が、たまらなく淋しいのであろう。

「明子っ、見たかね、お爺ちゃんが造った街をよく見たかね。忘れんように、ちゃんと見たかね」

奈美は善次郎の気持をくんで、そう大声で云いながら、側から明子の顔をのぞき込んだ。

新居

「奈美っ、奈美っ、おおい、おおい…」

新田が大声で呼びながら帰って来た。奈美は何事だろうかと驚いて台所から顔を出して、エプロンで手を拭きながら、新田の顔をしげしげと見つめた。急いででも来たのか、新田の額にビッシリと汗がにじんでいる。

「花ちゃん、ちょっとタオルを持ってきて頂戴」

夏も盛りの八月初旬である。ネクタイを締めて上衣まで着ているのだから、汗をかかない方がおかしい。

「お茶をくれ、お茶を…」

新田は、もどかしげにシャツを脱ぎ捨てて窓辺へ寄った。奈美が台所から湯ざましを持って来ると、新田は一気に呑んで、二杯目を求め、片手で胸を拭きながらコップをさしだした。

それを花江が受取っていくと、新田はドッカと畳に座って、

「市原さんが、家を貸してくれるそうだ」

「家ですか」

「うん、一軒家だ。専売局の前の方だ。広い庭もある。見に行って来よう」

「そう、おっとさんも喜ぶわ。早く一軒家に住みたいと思っていたの。おっとさんも探していたようでした。じゃ、先に食べましょうか」

いつもは善次郎が揃ってから食べるのだが、三人で早めの夕食にした。

「今日、美代姉さんから手紙が来たのよ」

「何んだって」

「奉天に落着くらしいの。満洲国といったって日本も同じなんだから、すごく忙しいらしいの。おっとさんが朝鮮に来た時と同じように、日本人がどんどん渡っているでしょう。大きなビルが建ち並んで、休む暇もないほど忙しいらしいのよ。小部さんもいい会社に入れて良かった。あんたにも、来る気があったら来ないかって、給料はいいらしいのよ…」

「ふうん、残した荷物はどうするのだ…」

「送って欲しいって。その事でおっとさんは出かけているの」

新田は、気のないようにうなづいてから、

「満洲か、おれは満洲くんだりまでは行たくないなぁ。今度引っ越したら、田圃を買うんだ」

「田圃ですか…」

奈美は、味噌汁の茶碗を持つ手を止めて、新田を怪訝な表情で見つめた。

「三反歩もあればいいだろう。半分を小作人にやっても十二、三俵は残る」

「三反もあればねぇ、だいぶん助かるわ。今、相当するでしょうねぇ」

「二千円近いそうだ。山の手ならだいぶん安いそうだが」

「二千円ねえ。年俸の三倍だわね」

奈美は小さなため息をついた。

「それでも一生ものだ。百年でも米が穫れる。食べるだけは安心だ」

「それもそうだけれど…」

奈美は、ふと子供の頃の出雲の家を思い出していた。山の斜面にへばり着くような小さな田畠で、百姓だけに頼っていた藤野家、あの藤野家に限らず、日本には三反百姓が多い。

「役所を退めても、三反百姓だ。ははは…」

新田はおかしそうに、声を出して笑った。この時は、このような会話であったが、その後、昭和二十年には、全州もアメリカ軍の空襲に遭い、食物の配給も少なく、満洲には食べ物はいくらでもあるという小部の誘いで奈美一家は、七月二十九日に満洲に渡り、全州から送った荷物も着かないうちに敗戦となり、満人の大暴動に遭い一年も死線を彷徨って翌年日本に引き揚げてきたから、人生では明日のことはわからない。


夕飯をすませて、奈美は新田と連れだって家を出た。明子は花江が子守をしているので、奈美は新婚当時のようなうきうきした気持で新田に寄り添っていた。清水町の官舎から本町四丁目まで一・五キロほどであろうか、大正町一丁目の角の交番の横を右に折れて、全州川の川下方向へ歩く。四丁目の道路の右手東側一区画は専売局のタバコ工場があって、専売局の正門前に黒板塀の屋敷があった。電気会社の支店長の社宅である。その北側に半島人の住んでいる長屋のある一区画があって、その長屋と屋敷の間に馬車の通れる奥行き十間ほどの袋小路があり、その奥に新田が借りるという家があった。

小路に入り、右手を見ると広い庭があって、庭の奥に小路の方を向いた半島人の長屋と、道路に背を向けた長屋があった。小路の道路際に馬小屋が二つ並んでいた。庭は長屋に続く道を残して石積みの小高い台地にしてあり、長屋に近い部分に井戸があって、長い竿の先に釣瓶が麻紐で結びつけられていた。その台地には大きな漬物瓶が処狭しと並べられていた。明らかにここの住人は馬子のようである。これらを観察しながら奈美は、小路の奥の門の前に来た。新田は鍵をあけて大きな門扉を中へ押し開けた。その中は三百坪もある広い屋敷であった。門の側に杏の大木があり、右手の奥に大きなトタン葺きの平家があった。そのとき突然杏の木でミンミン蝉が鳴き出した。

「すごい。広い庭ね。あれは何かしら」

「井戸だ」

「へええ…、ここならいいわ…」

奈美は庭が広い事だけで満足であった。新田は五間ほど奥の家の方へ歩きだした。その後ろ姿が奈美にはすごく頼もしく感じられた。新田が玄関の戸の鍵をあけるのを待って、二人は薄暗い玄関へと入った。玄関のすぐ先に四畳半があり、その左手に六畳が二つ並び、その左手に十畳があった。十畳には庭に面した縁側があり、障子戸がはまっていた。その左手に六畳のオンドルと庭の方に六畳の居間があって、居間の左手に台所があった。台所の奥にはオンドルの焚口と風呂場があり、裏は二十坪もある物置になっていて、便所はオンドルの裏にあった。

「見かけよりいい家ねぇ。これだけあると、楽々するわ」

奈美は上機嫌である。新田も嬉しいはずなのに、わざと知らぬ顔をしてさっさと出て庭に廻った。

「この障子は、ガラス戸にしてしまおう」

「そうすればよくなるわ。あら、柿の木が、あ、三本もあるわ。大きいわね、いっぱい実っている」

奈美はもう、わくわくしている。それでいて、女の浅ましさといわれてもしようがないと思いつつ、

「高いんでしょうね、家賃…」

と奈美は小声で心配そうに聞いた。

「うん、ちょっと高いが…」

「そうでしょう…」

奈美は、少しため息混りにうなづいて、

「いくらなの…」

と、やはり心配で小声で聞いてみた。

「二円だ」

「二円、二円なの…」

信じられないというように、奈美は驚きの表情で新田に聞き返していた。以前買ったラジオが三十五円だったから比較にならない。

「高いっていうから、びっくりしましたよ。二円でこんな屋敷に住めるなんて」

「もったいないだろう」

「本当。おっとさんが喜ぶわ。庭は広くて木も植えられている。おっとさんね、よく果樹園を造りたいって云っていたわ。ここならいろいろ植えられるわ。私ね、バラを植えたいの。あの辺に植えようかしら。菊もいいわ。私、この辺を花壇にするわ…」

奈美の夢が、あれこれ大きく風船のように膨らんでいた。奈美は子供のようにはしゃいでいた。幸せが一杯であった。奈美は新田の胸にもたれかかるようにして顔をうずめた。プーンと汗にまみれた男の匂いがした。奈美は眼を閉じると鼻を新田の胸に押当て、じっとその匂いを嗅いだ。奈美がゆっくりと顔をあげたとき、新田が力強く奈美を抱きしめて接吻をした。奈美は幸せをかみしめていた。蝉の声がまた激しくなった。

奈美達は八月の末に、結婚以来住んでいた官舎から本町四丁目七十八番地へ引っ越した。荷物を積んだ馬車が庭まで入り、引っ越しが簡単にすんだ。市場からは遠くなったが、静かで住み心持のよい処である。庭の南前の家には郵便局勤めの若夫婦が住んでいた。中国人の野菜売りが来るし、魚屋、米屋、菓子屋までがよく心得ていて、無くなる頃にご用聞きに来たから、買物にも不便ではなかった。

新居からは、奈美が結婚前に手伝に行っていた銀杏家も近かったし、昔善次郎がよく通った長尾遊廓も近かった。朝鮮家そのままであった古家も、新田と善次郎の手入れによって、全く一新してしまった。善次郎は徳津の農林試験場から、あれこれと果樹の苗を持って来ては裏庭に植え始めた。

奈美も暇をみては庭の草をむしり、花壇を造り始めた。

そんなある日、ヒョッコリと朝鮮半島の南端の麗水から大木正二が一人でやって来た。

「やあ、精がでるねぇ…」

草むしりをしていた奈美は、不意に後ろから声をかけられて仰天した。

「うぁぁ、びっくりした。大木さんじゃないの」

奈美は立上り、額の汗を手の甲で拭った。

「お久しぶりですねぇ。よくここが判りましたねぇ」

「専売局の前と云ゃあ、ここしか無いじゃないか。思ったよりいい処だ」

大木は長い顔をゆっくりと回し、ジロジロと辺りを見回しながら、右手の甲で鼻をこすって、

「いるかい…」

「ああ、花江ちゃんはちょっと買物に行っているけれど、もうじきに帰ってくる頃よ」

「花江じゃない、これだよ」

大木は親指を突き出して見せた。左手には何か長い物を、薄汚れた風呂敷に包んで持っている。

「まだよ。もう帰る頃かしら、どうぞ中へ入って下さい。足を洗ってきますから」

奈美は頭に被っていた手拭を取って汗を拭くと、縁先まできて、縁の上にあった洗面器を持って井戸端へと歩いて行った。井戸は台所から庭を突っきって真っ直ぐに行った突当りの、隣家との境の板塀の手前にあった。縁は平たい大きな赤雲母が並べて敷いてある。井戸の深さは四メートルほどであった。奈美が足を洗うと、水で濡れた赤雲母が、紅い乱絣のように鮮やかに光った。奈美はそれがとても好きだった。雲母は柔らかいので普通はくすんでいるが、水がつくと水晶のように光を反射する。白雲母のように電気の絶縁体には使わないが、

平で大きく簡単に薄くできるので、オンドルの基台板として普く使われている。子供達は小さな雲母の破片を石で粉にして、キラキラ光る赤雲母の粉を、ままごとに使っている。奈美もよく遊んだものである。

奈美が夕飯の支度をしている間、大木は一人で部屋にいた。間もなく花江が帰ってきて、明子がおしっこを漏らした、といって奈美の処へ来た。

「ごめんごめん、すぐ着替えなさいよ。脱いだら、盥の中に出して置きなさい」

奈美は明子を抱えて、花江が帯を解くのを待っている。

「花江ちゃん、麗水からお父さんが来ているよ。部屋に行ってごらん」

「ふうん…」

花江は気乗りのしない返事をして、嬉しそうでもなさそうである。奈美が明子のおしめを換えるのを待っていながら、ときどき盗み見るように十畳の間の方を覗いていた。

「さ、いらっしゃい」

奈美にせかされて、花江はしぶしぶ大木の方へ寄った。

「なんだ、眼鏡をかけてるのか」

花江を一目見るなり、大木は大声で驚いたように云った。花江はギクリとして、上目使いで大木の方を見て俯いた。

「ようやってくれるのよ。一日中子守をしてくれるし、買物にも行ってくれるし、本当に助かるのよ…」

「ほおう…」

大木は無感情に云って、灰皿の中にあった、ちびたタバコを拾いあげた。

「ああ、タバコならあるのよ。ちょっと花江ちゃん、お父さんにタバコを出してあげなさい」

「はっはははは、ちょうど切らしたもんで…」

大木は照笑いをした。ひょろっとした大木は、顔色が青黒くくすんで血の気がない。商売もうまくいっていないらしい。ひょっとして、お金の無心に来たのではないかと奈美は感じた。着ている単大島も薄汚れて襟元も光っている。

「ああ、こりゃどうも…」

大木は花江からタバコを一箱受取って愛想笑いをした。それを見下すように、花江の目は眼鏡の奥で淋しそうにうるんでいた。

やがて新田も役所から帰ってきた。後を追うように善次郎も外出から帰ってきて、皆揃って丸い飯台の周りに着いた。善次郎は、リンゴの苗が手に入りそうだと喜んでいる。新田は天気が崩れそうだ、と網打ちに行けることを喜んでいる。奈美は花壇らしきものができたとニコニコ顔である。ただ花江はつまらなそうに、ときどき大木の顔を横目でじっと見つめていた。大木は明日花江を連れて麗水に帰るというのである。

「花江ちゃん、また来ればいいじゃないの。そんなに遠くじゃないんだから」

奈美は花江を慰めるのだが、花江は家に帰るのがいやらしい。大木は連れて帰って、花江をどこかへ働きに出すつもりのようであった。

夕飯が終ってから、大木は汚れた風呂敷包みを開いて、中からおもむろに日本刀を一振取り出して、柄を持って先を上向きに突き上げてから、

「これは掘出物だ。買ってくれないかね…」

大木は膝の上に置いた刀を抜いて見せた。電灯に鈍く光る、互の目乱れの刃紋がはっきりと見える。

「無銘だが、津田越前守助廣の磨りあげだ。この鋩子の小丸が深く、焼き出しが短いことに特徴が良く出ている。箱乱れが銑の深さで混じり、なんとも云えない味がある。好きな者にはたまらんぜ。角津田だという箱書きもある…」

蕩々と講釈を述べて、大木は刃先を横にして見ながら、善次郎と新田の顔を交互に見比べた。奈美は少し緊張しながら新田と刀とを見比べる。

「いい刀じゃないか…」

善次郎が身を乗り出した。大木は新田の姉の連れ合いである。それが困って来ているのに、なんとかしてやらねばならない。きっと新田は刀を買ってやりたいのだろう、新田が奈美に気兼ねをしないようにと、善次郎は思ったのであろう。

「こういう大阪新刀は、昭和新刀のようなナマクラとは違う。二、三人は叩っ斬ったことはあるらしい。どうだね、買っておいて損はないと思うが…」

「いくらするの」

奈美が、安かったら買ってやりなさい、というような顔をして新田を見やった。

「二十円にしとくよ…」

「二十円か…」

新田は、口をモグモグしている善次郎から刀を受取って、念入りに観ている。

「二十円もするんですか…」

奈美は少し驚いたように云って、大木の顔を見つめた。

「安いもんだよ。寛文頃の作だぜ。骨董品としても美術品としても相当な価値物だ。安くても百円は下らない…」

オールバックの大木は、熱弁をふるって新田の顔を見る。花江は怖そうに刀を見ている。

「そのくらいはするだろう。市原さんが持っているのが二百円するそうだ」

善次郎が、煙草をくわえながらボソと云った。

「その刀は、こう反りの深い奴でしょう。古刀はそのくらいしますよ…」

大木は手の甲を大きく反らせて見せた。

「買うか…」

新田が決心したように目を刀から外さずにつぶやいた。奈美が信じられないというように新田の顔を見た。

「そうかい、本当に掘出し物だぜ。鈍なら家に二、三本あるが、こういう業物はなかなか手に入らない。右から左に売ったたって十円は儲かるはずだ。なぁに、倅ができりゃ、どっちこっち兵隊さんだ。こういう業物を持っていりゃ鼻が高いってもんだ」

大木はホッとしたように一人で頷いている。新田はピシンと刀を鞘に収めて、少し満足そうな表情で、

「お金は明日になりますが…」

「ああ、いいとも。帰る気車賃が無かったんだ、あははは…」

大木は空笑いをしながら頭を掻いて襟元をなおしてから、ジロッと花江の方を向いて、

「花江っ、帰る用意をしておけよっ」

花江にそう命令することで、大木は自分の父としての威厳を保とうとするようであった。

「明日にすればいいじゃないの、そうしなさい…」

立ちかけた花江を奈美が止めた。大木は花江の方を向いたが、何も云わずに視線を元へ戻した。

「明日、貯金からおろして二十円を渡してくれないか」

その時、錦の袋に刀を収めた新田は、刀を自分の膝の上に横たえて奈美に云った。

「いや、いや、助かったよ…」

大木は悪びれずに、ホッとしている様子であった。

翌日、大木は花江を連れて麗水に帰った。その夕方になって、

「あんな刀を二十円も出して買うなんて…」

奈美は不満そうに愚痴った。新田は知らぬ顔をして煙草をふかしている。

「大木さんも大木さんだよ。もっと気のきいたものを持ってくればいいのに、何の役にもたたない日本刀なんか持って来て…」

この時になって、新田は新聞から目を離すと、奈美の方を向いて怒ったように、

「なにをぐずぐず云っているんだっ…」

「だって、二十円も出して下らない日本刀なんか買うからよ」

「なにが下らない…」

「二十円も出すのなら、何でも買えるわ。バケツだって新しいのが欲しいし、ヤカンだって大きいのが欲しいし、フライパンだって小さすぎるのよ。それに…」

「そんなものぐらい買えばいいじゃないか…」

新田が大声を出した。

「買えばいいって云ったって、買うと無駄使いするなって云うじゃないのよ。お米屋にも借金があるし、この間買ったあんたの帽子だって、まだ払っていないのよ。それなのに、古物の日本刀なんか買ったりして…」

奈美はこの時とばかりに憤懣をぶちまけた。積り積っていた鬱憤なのだ。

「そりゃ大木さんは義姉さんの主人だけど、あれだって、大木さんが尻が軽いから、失敗ばかりしてるんじゃないの…」

「余計なこと云うな…」

「云いたくなるわよ。少しは家計の事を考えてよ。人にばかり無駄使いするなって云っときながら、自分では投網を買ったり二十円もする日本刀なんか買うんだから…」

そのとき、音もなく新田の鉄拳が奈美の頭上に飛んできた。それを奈美はまともに受けて、ゴツという鈍い音が畳を這った。あまりにも不意だったので意表を突かれた奈美は、呆然として声もなく新田の顔を見た。新田はひょいと横を向いて、畳の上から煙草を拾いあげると、便所へ立ってそのまま裏から外へと出て行った。

その頃になって奈美は頭にヒリヒリとした痛みを感じた。手をあててみると、小さなコブができていた。それを撫でながら、奈美は自分が感情的であったことを反省した。新田にすれば、自分の身内のことを云われたのが気に触ったようであった。ともかく奈美に云いたいだけ云わせておいて、不意の一撃を与えてその場を去った新田の戦法は、夫婦喧嘩の深刻な発展を阻止してしまい、あっけない幕切れとなった。

件の刀は、昭和十九年に出征する息子のために売ってほしいと新田の上司に頼まれて百円で売ったので、新田は十年で五倍になったと奈美に自慢した。

田圃

裏の柿が色づいた。当り年なのか、枝も折れんばかりに大きな実がたわわに実った。老木のせいか、実も小児の頭ほどもある。餅箱の中に入れて置くと甘く熟れた。奈美は毎日飽るほど食べた。木で熟れたものが毎日無数に地に落ちて、足の踏場のないほどにつぶれて散らかる。それに蟻が群れ、蜂や蝶までもが甘い汁を吸いにやってくる。三本あるうちの一本は、前の日曜日に新田が木に上ってほとんど採って、奈美は二日がかりで皮を剥いて干柿にした。

その翌日、善次郎が、奈美の止めるのも聞かずに、

「わしが取ってやる。内地じゃ、さんざんやったものだ」

と云って、梯子をかけて柿の木に登ったが、枝が折れて落ちてしまった。命綱をかけていたからいいようなものの、落ちる弾みで幹に腰を打ちつけて、今日も寝ていた。柿の木は折れやすい。だから善次郎も用心して命綱をかけていたが、さもなければ、即死か重傷であった。


夕方、奈美が買物から帰ってみると、善次郎は起きて居間に来ていた。奈美をみると、

「眼汁、鼻汁ところかまわず。歳は取りたくないものだ…」

などと云って、シュルシュルと鼻をかんだ。

玄関で新田の声がすると、奈美は待っていたように駆けて出て、新田から鞄を受取りながら、早口で、

「あのね、田圃が売りに出ていたのよ…」

「田圃っ…」

新田は中折帽子を左手に持ちかえて、大きな反応を示した。

「今日、金融組合に行ったら、田圃売りますって貼紙が出ていたのよ。そいで聞いてみたら、二反歩で千円ですって。抵当に入っているんですって…」

「千円か、安いなあ…」

新田は小さなため息を吐いた。家の貯金はまだ五百円しかない。

「一反歩だけでも売らないのかなあ…」

新田は奈美の顔をまじまじと見る。

「それで確かめてみたのよ…」

「どうだった…」

「半分払えばいいって。五百円払えば、二反歩の権利證書を渡すから、土地を抵当にして残りのお金を月々返済すればいいって…」

「そりゃいい。明日、すぐ買うことにしておきなさい」

新田の性急さに、奈美はちょっと顔をしかめた。

「場所も見ないでいいの？　陽当りの悪い処じゃ、お米は半分も穫れないわよ」

新田はそれには答えずに、ただ小さく頷いた。

「場所は何処だって…」

「梧木台の裏の方だって…」

「じゃ、ともかく買うからって話しておきなさい。日曜日に見に行ってくる」

「何の話だ、奈美…」

側から善次郎が二人の顔を窺った。奈美が善次郎に説明すると、善次郎は軽く頷いただけで何も云わずにその場を離れた。自分が出来なかったことを、新田がやってのける、ということに対して、男としての負い目を感じたようであった。

「誰か、案内してくれるんだろうな…」

「そうでしょう。明日よく聞いてみるわ」

「そうだ、日曜日は柿を取らなくちゃならないし、土曜がいいのかな」

「柿ならわしが取るから大丈夫だ…」

善次郎が、側から言葉を差し挟んだ。

「だめよ、おっとさん」

奈美が慌てて制した。意地を張ったって、善次郎に無理なことは判っている。先日柿の木から落ちて負った傷も直っていないのだから、新田はそれを本気として取り合わない。それがまた善次郎の意地を張らせたようであった。

「この間は雨で濡れていたから滑ったんだ。今度は天気続きで乾いているから、滑ることはない。木に登らんでも竹ん竿で下からたたき落せばいいんだ…」

そう意固地になって言訳をする善次郎が、奈美にはおかしくもあり、また哀れでもあった。

「竿でたたいたら、傷だらけになって、食べられなくなってしまうじゃないのよ」

「馬鹿者っ…。叩き落したら、傷がつくのは当り前じゃないか」

頭ごなしにそう云うことで、善次郎は自分の優位を奈美に見せたいようであった。

「竿の先に鎌を着けて、下の袋で柿を受取るようにすりゃいいんだ。そのために、ちゃんと竹竿を用意しておいた。袋だって、ちゃんと縫って針金を通してある」

どうだといわんばかりの顔つきをして、善次郎は得意そうに二人の顔を見較べた。

「へえっ、何時の間に…」

奈美が呆れたように感心すると、善次郎はやっと相好を崩して、小声で、

「持ってきて見せようか…」

と立上りかけた。

「いいよ、いいよ。これからご飯だというのに」

「そうか、じゃ、よすか…」

呆れ顔で奈美に制されて、善次郎は仕方なさそうに腰をおろした。その時新田が、

「日曜は金融組合も休みだから、土曜日の午後にしよう…」

「そうね、それがいいよ。職員の帰りのついでに案内して貰えばいいわ」

奈美はそれに賛成した。それを聞くと、善次郎は内心ホッとしたようであった。

田圃は清水町の南端、梧木台の裏の山間にあった。山間といっても禿山の多い朝鮮には珍

しい山林が続き、水利に恵まれ、やや高台にあって陽当りもよかった。稲の稔りも良さそうに見えた。まだ熟しきらない稲穂の先を折って、新田は籾の幾粒かを口に含んで割ってみたが、質もよさそうであった。新田はその田圃が気に入った。

その田圃は、すぐ東向いの丘に住む柳という小作人が小作をして管理していたので、そのまま続けて小作をさせておく方がいいですよ、と案内の職員が云って、新田を柳さんの家へ案内した。柳さんの家は小さいが一軒屋で、半島人の農家としてはかなり良い暮らしである。坂道を登りきった先の庭に、赤い朝鮮犬が一匹、二人を見て大声で吠えたてた。

「ワーリ、ワーリ、ワーリ」

案内人が呼ぶと、犬は吠えるのを止めて尾を振ってきた。名古屋コーチンより一周り小さく、茶色の強い朝鮮コーチンが庭に十数羽群れていた。

「チアル　オーシャツゥムニイダ」

家の奥から柳さんがニコニコしながら縁側に出てきた。いらっしゃいと云っているのだ。

「オーソ、オーソ（どうぞ）、アンジイウーシイプシーオ（おかけください）」

手真似で縁側をさしている。案内人が新田を新しい地主だと紹介する。

「オオ、ニッタサン。チオヌーヌ（私は）、ウ（柳）ニイダ（です）」

柳さんは新田に最敬礼をした。歳の頃は五十過ぎの小づくりの男である。頭はほとんど禿げあがっている。気の良さそうな男で新田は気に入った。

「どうしますか…」

　案内人が新田に小作をこの男に任せるかと聞く。側で新田の顔色を窺っていた柳さんは、

「チョオーニイプヌーキニル　デニィロォージユウーシイー　ゲェッシニイム　ニイカアー」

と頭をさげて、私の願を聞いて下さい。私には妻と二人の子供、それに嫁と孫がいる。田圃が無くなると、皆飢え死んでしまう、と身振り手振りで身の上を説明して、小作を続けさせて欲しいしと哀願した。

「アルアツウニイダ（判った）」

　新田が大声で云うと、柳さんは幾度も礼を云って、焼きトウモロコシをお茶うけに出した。年貢米は、今年の分も新田の処に収穫の半分を収めることになったが、新田は道庁の役人で、内職が禁止されていたので、田圃の登記名義は奈美の名ですることになった。

　この田圃からは、毎年九俵の年貢米が入るようになり、それを餌に鶏を飼うことにした。しかし昭和十九年には、田圃で年貢米をそっくり供出させられて一粒の米も入らなくなった。しかも敗戦後、政府から、奈美に田圃は賠償として朝鮮に渡したと通知があり、権利証を持って手続きするようにとのことであったが、奈美一家は満洲での暴動で家財を全部根こそ

ぎ盗られたので、権利証があるわけがなく、代償は一銭も貰えなかった。

明けて三月の末になって、満洲国奉天市の美代から、長女の陽子が生れたという手紙が来た。新聞では満洲帝国皇帝陛下が四月六日に東京へ行幸すると伝えられていた。

皇帝陛下溥儀は、清朝王孫であり、奉天は清朝ゆかりの土地なので、小部の仕事も非常に好調であると書かれていた。

「美代もよかった…」

善次郎が独言を云った。美代の結婚前の家出のことを思い出しているようであった。

「どこにでも行ってしまえ、という気持だったが、奉天まで行くとは思わんかった。孫の顔を見たいから一度連れて帰ってこいと手紙に書いておけや」

何時になくしょんぼりと云う善次郎は、少し風邪気味である。そんな処に小作人の柳さんが、ご機嫌伺いにやって来た。

「アンニョング　ハアシイムニカ」

庭先から挨拶して入ってきて、

「おくさん、イゴオッ（これ）」

そう云って黒ゴマの一升ほど入った布袋と、卵が十個詰まった藁筒を二つさし出した。

「まあまあ、そんなにしなくても。タンダニ　コウマプシミニダ」

柳さんは、かしこまって、ちょこんと縁先に腰をかけ、腰紐に下げていた手ぬぐいで顔を拭った。柳さんは苗代を造るにあたって、今年もよろしく、と挨拶に来たのである。肥料は地主が提供することになっているから、その催促でもあった。柳さんの耳たぶには小さな孔が開いていた。奈美は目敏く見つけて聞いてみると、若い頃に耳飾りをしていた跡だ、と自慢そうに笑った。半島人の上流階級では男でも縄文人のように耳飾りをしていたのである。

柳さんは縁に腰をかけたまま、懐から取出した火打石で火を切り出して、モグサに火をつけ、それでキセルのタバコに火をつけた。奈美は黒ごまの袋にキザミタバコの水府を二袋包んで柳さんに返した。それを受取って柳さんは手の感触を確かめて、

「アイヤ、オクサン、オーツアエスウムニィカァ（おかまいくださるな）。メアウ（とても）コウマプシミニダ」

柳さんは恐縮したように堅くなった。善次郎も縁先に出てきて、何やら話をしていた。三十年も朝鮮に住んでいる善次郎は通訳なしで話せる。柳さんはとても話すのがうまいと善次郎をほめた。善次郎はただ笑っていた。奈美が生菓子を出すと、柳さんは眼をみはって、奈美が二度もすすめても手を出さないので、奈美は一つを取って柳さんに渡した。それを押しいただくようにして、柳さんはうまそうに食べた。

「そらそうと、ヒヨコを分けてもらえないだろうか」

奈美の云ったことが判ったらしく、

「ピヨコ、アケマス、イクス」

「二百羽もほしいのよ」

柳さんは少し頭を傾げて、

「ムウオッ、ムオーラァゴ、マァルスゥム、ハァショォスゥム、ニィカァ」

と善次郎に通訳を頼む。

「イバーク（二百）…」

善次郎は指を二本だしてみせた。

「イバァクッ…」

柳さんは大きな声でオウム返しに聞き返した。二百羽と聞いて驚くのも無理はない。奈美のところでは、昨年の年貢の米が九俵も籾のままであった。これで鶏を飼おうかということになっていた。

「アイゴ、チイバリョ（ああ、困りました）」

柳さんは、本当に困ったように考えこんでしまった。一羽や二羽ならやってもいいと思っていたのであろうが、二百羽となると卵を集めるだけでも大変なことである。暫く考えていた柳さんは、すぐでなくてもよかったら、他所から探して持ってくると約束して帰った。新田は広い庭を遊ばせていてはもったいないと云って、門から玄関先にかけて板塀のところに大きな鶏小屋を造った。五月半ばに柳さんは、二百羽のヒヨコを三回に分けてチゲで背負って持って来た。奈美は毎朝その餌造りに忙しくなったが、秋には毎日百個以上の卵が採れる、と大いに期待し、その卵は銀杏屋に買ってもらうことにしていた。そして売上金は田圃の借金の支払に当てることにしていたのである。

庭の杏が熟れて落ちる頃、奈美は体の変調に気がついた。

「あんた、できたらしいのよ」

「そうか」

それ以上、新田は何とも聞かなかった。善次郎は、

「今度は男の子だぞ。間違いない。奈美は強い顔をしておる」

と一人で喜んでいた。男の子をほしいと思いながら、ついに男の子に恵まれなかった善次郎は、大きな期待を奈美にかけているようであった。

夏になって、三日続けて鶏を二十羽もイタチにやられてしまった。塀の隙間から入ったもので、どうやら専売局の倉庫の床下に巣食っている一族のようであった。

「イタチは一度狙うと何回でも狙うそうだ。ひとつ罠でもかけてみるか」

善次郎は、イタチの根絶を提案した。イタチは鶏を殺しても肉は食べずに血を啜る。頚動

脈に咬みついて、そのまま血を啜り取るという本当に吸血鬼なのである。それだけに何羽も殺すから被害も大きくなる。朝鮮鼬（いたち）は、日本の鼬よりも遥かに大きな体格をしているから、食欲も旺盛なのである。

善次郎は鍛冶屋にワナを造らせて、鶏小屋の前に仕掛けた。しかし一週間は何事もなくすぎた。ところが八日目にまた三羽殺された。しかし夜中に鶏が大騒ぎをするので、善次郎と新田が懐中電灯を持って小屋に行ってみると、おなかのあたりを罠に咬まれて大きな鼬が伸びていた。

「これは親玉だな。これで、もう来なくなるな」

善次郎は、罠からはずした鼬を縁側に持ってきた。

「大きいわねぇ。いい襟巻きができるわ…」

奈美が物差を持ってきて測ってみると、頭から尾の先まで七十五センチもあった。牡である。鼬は六月ごろに六、七匹の子を生んで、その子を連れて歩いていたらしい。

「ついでにもう一匹捕まえるか」

善次郎が愉快そうに笑った。こうして鼬騒動も無事終って奈美もホッとした。

ところが、今度は街を揺るがす猟奇事件が起った。全州駅から北方の監獄へ行く道沿いのトウモロコシ畑の中で、六歳の女の子が殺されているのが発見された。それも鎌でお腹を裂かれて、内臓が取り出され、辺りに散らかっていた、と新聞は報じていた。

「これはアレの仕業だな。以前にもこんな事件があった。生肝を抜いて食うのだ」

善次郎は新聞を置いてから、口をもぐもぐさせてそう云った。医療の遅れていた朝鮮半島では、天然痘、レプラ（ハンセン病）の患者が多く、日本との併合後はその数も減少したものの、潜在患者が多かった。中でもレプラ患者の中には、病院に隔離されるのを嫌って、地に潜っている者もいたので、発見されたときには重症になっていたし、他へ伝染させているケースがあった。朝鮮半島ではこのレプラには、処女の生肝を食べれば治るという迷信があったようである。

その翌日、また監獄の裏で五歳の女の子が、お腹を裂かれて死体で発見された。警察も、犯人は迷信に頼っている人間の仕業であろう、と断定して女子供の一人歩きを禁じて徹底的な捜索を始めた。幽霊の季節は過ぎていたが、たいして話題のない街だけに、寄ると触ると、この殺人事件の話に花が咲いた。

しかし捜索は難航していた。病院からの脱走者もいないし、地に潜っている者は世間の人がそのことを知らないから、家族が云わない限り探しようもないのである。

この事件も迷宮入りかと思われたある日の夕方、隣の馬子の金さんのオモニが、青い顔をして奈美のところにかけ込んできた。善次郎が聞いてみると、山の畑から帰ってくる途中、墓地の横を通ったら、人の手を焼いて食べている男を見たというのである。

まさかと思ったが殺人事件が片づいていないし、場所が場所だけに、さっそく隣の電気会社の社宅で電話を借りて警察に知らせた。間もなく物々しい山狩団が出発し、新田も善次郎も金さんのオモニと一緒に出かけた。

墓地を遠巻にして、環を縮めていくと、山際の焼場にゆらゆらと細く火が燃え、無心に死人の腕を囓っている中年の男の顔が、青白く火に映えて浮きあがった。

「それっ、かかれ」

命令一下、巡査が四方から飛び出すと、

「アイゴォ…」

大きな悲鳴をあげて、その小男は飛びあがった。寄ってたかって、この男を地にねじ伏せて捕えて見ると、なんと老いた寺男で、トウモロコシを焼いて食べていることがわかって、皆はがっかりするし、善次郎は立場が無くなった。新田も困り果ててしまった。

ところが、急に警察犬が騒ぎ始めた。巡査が綱を放つと、犬は一気に山手へと駈けあがり、小さな横穴の前で激しく吠えたてた。すると穴の奥から二目と見られない形相の動物が、のっそりと現れた。手に手に提灯を持つ巡査のほの暗い明りの中に、それが怪物のように浮上り、とりまく捜査陣も固唾を飲んでその場にたじろいだ。菌に犯されて顔の形が変っている。四十近い女のようである。回りを激しく吠え回る犬を、女はうるさそうに手で追い払おうとする。汚れた麻服の腹から裾へかけて、殺された少女のものであろうか、血の痕がドス黒く染みていた。

この頃日本では警察犬の使用を廃止していたが、ここでは警察犬が大手柄をたてたのである。

「アイゴー、アイゴー」

そのとき、大声で泣き叫びながら、年老いた女が両手を大きく振りながら、よたよたと下の方から駆けてきた。犯人の母親のようであった。その老婆の顔を見たとき、一同はまたしても何とも云えぬ重苦しい感に打たれた。顔一面に黒豆を並べて、その上からつぶしたような痘痕面である。天然痘に侵され、治癒した痕跡であることは、誰にもすぐに判った。この母親が必ず直ると信じて、娘を洞穴に何十年も匿まって養っていたらしい。娘をつれて行ったら自分は死んでしまう、と大声で泣き叫ぶ老婆の悲鳴に似た声が、ヒンヤリした夜気を震わせて、静かな山に木霊した。

大凶

昭和十一年は、冷たい風の中に明けた。お宮参りをした時には吹いていなかったので、明方から吹き始めたものであろう。ガラス戸がガタガタと大きな音をたてている。皆はまだオンドルで寝ていたが、奈美だけが起てオンドルに薪を足した。

オンドルに燃す薪は一メートルぐらいに切った赤松である。直径十五センチぐらいのものなら割らずにくべておく。赤松は松脂を多く含んでいるので、非常に火力が強い。オンドルの焚口の高さは五、六十センチもあって、太い薪が何本も入る。焚口の奥は深くて、夕方に五、六本も太い薪を投げ込んでおけば、朝方まで持つ。奈美はまだオンドルが冷えていなかったので、三本ばかり薪を投げこんでおいて、七輪に炭を起こしはじめた。七輪の火が起る頃になって、パラパラと屋根に霰のはじける音がした。

「あられじゃないか…」

ひょっこりと善次郎が茶の間に出てきて、窓から外を覗いた。

「元旦早々に霰かァ。今年は凶年だぞ、こらぁ…」

顔をしかめながら善次郎は空を見あげている。十時ごろからとうとう雪になった。

今年は凶年だぞ、と云った善次郎の予感は当ったようである。年初から世界情勢もエチオピア問題が不気味にくすぶり続けていたし、国内では軍部の腐敗と、内閣の無能さが目立ってきていて、人心も落ちつかない。新聞も大したニュースを載せていなかったが、一月も下旬になって、遂に岡田内閣が瓦解した。

一月（ひとつき）なんてアッという間に経つ。二月二十六日の陸軍若手將校の反乱、所謂二・二六事件が伝えられた時には、奈美は本当に今年は凶年なのだという気がした。

重く暗い空気の中に、やがて三月の中旬に奈美は長男を安産した。これで奈美一家は暗い世相も忘れて、しばし歓喜に浸ったのであった。特に善次郎は男の子ということで、その喜びようはなかった。

「奈美、ようやった。わりゃ、男の子を生んだ。トヨが出来なかった事をようやった。わしゃ、もう思い残すことはなくなった。トヨにいい土産ができた。わしゃ嬉しいぞ」

善次郎は奈美の枕元で感泣にむせぶのであった。新田は嬉しさを隠しきれずに、明子を背負って鼻歌で農兵節を歌っていた。

カンチの啼き声がにぎやかに聞こえる。庭の梅は善次郎の丹精の甲斐があって、見事な花を付けていた。井戸端の桜は、善次郎が明子の誕生の記念に植えたものだが、ビッシリと蕾をつけている。もう春なのだ。少なくとも奈美一家には春の香りが満ちていた。長男は、政義と名付けられた。

しかし、奈美は一週間経っても出血が続いて、お宮参りには行かれなかった。医師は原因が判らないという。大したことはないと思っていた奈美にはショックであった。ともかく安静にして休んでいたが、奈美は次第に痩せ衰えてきた。善次郎の心配は並大抵ではなかった。何よりもトヨを産後の肥立の悪さで亡くしているだけに、奈美に付きっきりで看病した。

子守に来てもらっている隣の金さんのオモニも、いろいろと漢方薬を教えてくれて、善次郎は煎じ薬を作り、またよく効く薬があると聞くと、遠くまでも買いに行った。それでも奈美は衰弱した。栄養を取っても出血するのだから当然である。

乳も出なくなり、政義は萎びた奈美の乳首に食いついて、哀しく泣き叫んでいた。善次郎が牛乳をとって、重湯と混ぜてスプーンで政義に飲ませた。新田は心配の余り奈美以上にゲッソリと痩せた。道庁の関係者から見舞品が多く届いたが、奈美の病に効く物はなく、床の間に置かれたまま、白く埃をかぶっていた。

私はこのまま死ぬのかしら…、奈美はふとそんなことを考えた。

私もおっかさんと同じように、肺病の気があるのだろうか…、そんな思案だけが奈美の脳裏を激しく駆けめぐっていた。

「卵の黄身だけを取り出してね、二十個ぐらいをフライパンで蒸し焼きにするの。そうすると油が出てくるから、その卵油を飲むといいよ。鶏がたくさんいるのだから、やってみなさいよ」

四月の初めに森口建設の社長婦人が善次郎を訪ねてきて、そう教えてくれた。藁をも掴む気持で、善次郎と新田が交代で卵油を造って奈美に飲ませると、効果があったのか、一週間もすると、奈美の出血は止まって血色も見違えるように良くなって、十五日には床上げをして、厄払いと一月遅れの政義のお宮参りをする事が出来た。

そのような奈美一家の不運のあった中で、政府は対外文書の日本の国号を大日本帝国とし、元首を天皇と称呼する事を決定した、と昭和十一年四月十八日に新聞は報道した。

「大日本帝国か…」

善次郎は幾度もうなずいている。朝鮮に渡ってきて、日韓が併合されるニュースを聞いたときの感慨を、思い出しているようであった。

「廣田首相らしいわね。玄洋社（日本最初の右翼団体）の意向かしらねえ…」

奈美は政義に乳をやりながら、批判的であった。

「大英帝国の猿真似だろうよ。陸軍を強くするための錦の御旗にしたいんだろう」

善次郎もそんなことを云って、灰皿の縁でコンコンとキセルを鳴らした。

端午の節句に間に合うように、新田が二間の真鯉と緋鯉を買ってきた。善次郎も大きな吹流しを買って来た。これには奈美の方が大喜びであった。畳の上に展げてみては行ったり来たりして、子供のようにはしゃいでいる。善次郎も入歯をはずして、口をもぞもごやりながら政義を抱いて、ほら見ろほら見ろと、頭の方から尾の方へと行ったり来たりする。その姿を見ていると、奈美は嬉し涙が出てくるのであった。

「どげしたぁ」

善次郎がそれを見つけて奈美に近づいてきた。あわてて奈美は涙を拭って、

「私が初めて全州へ来た時、鯉幟が空を泳いでいたわ。珍しくて珍しくて立って見ているのに、おっとさんたら、目にごみが入るから上を向くな、なんて云って…」

「はっはははっ。そげなことがあったなぁ。あれから何年になるかゃ」

善次郎は呟いて、しきりに昔を想い出そうとするようにして、節くれだった指を折り始めた。奈美が全州に来たのは大正九年である。

「十七年かしら…」

「十七年…。そげになるかぁ。奈美が来てから十七年になぁ…」

善次郎は、その間のいろいろな出来事を確認しているように、しきりにうなづいていた。

新田は庭の杏の木の横に、四間もある杉丸太を立てて鯉幟を付けた。矢車が柔らかな南風を受けてカラカラと鳴ると、緋鯉も真鯉も腹に風をはらんで勢よく游ぎだした。それはあたかも幸せ一杯の奈美一家を、象徴しているようであった。

奈美の身体の具合は、まだ完全とはいえなかった。起きてはいるが、体がだるくてならず、寝てしまう。医者は脚気だという。奈美は家庭医典を買って来て見た。それには玄米を食べると良い、と書いてあったので、新田に籾を臼で搗いてもらって、それで得た玄米を粉にして、湯で溶いて食べた。新田は文句も云わずによく面倒を見てくれたが、洗濯だけはどうも仕様がなかったので、隣の金さんの一番妻に頼んだ。

馬子の金さんは稼ぎがよいのか、若い二番目の妻を貰って、一番妻と同居させていた。一番妻は体格の大きな太った人で、クニヤという三歳になる女の子がいた。二番妻は小柄で、一番妻がおっとりした主婦型なのに対して、キビキビしてこまめに働き、外交的で、これも一歳になるオニヤという女の子がいた。一番妻はもっぱら外回りのことをしているようで、二番妻はアプヂ（父、亭主）の身の回りなど内部的な仕事をしているようであった。小さな出入口が一つしかないオンドルの部屋に、アプヂと二人の妻とその子等が同居していたので、性生活はどのようにしているのかと、奈美は非常に関心を持った。傍から見ていると何事もないように平然とした生活をしていた。そういう生活に慣習として慣れているからかも知れない。奈美はある日ふと浅ましい好奇心を抱いて、洗濯の手伝いに来ていたオモニに、一つの部屋で夜寝るときにはどうするのかと聞いてみた。オモニは、ちょっとムッとしたような素振りをみせてから、

「マァルナァジョ（知らない）」

つっけんどんに答えた。奈美は恥入って、それ以上は聞かなかった。しかしその様子からみると、やはり太りすぎていて、二番妻よりは愛されていないようであった。

ある日塀越しに隣で大きな物音と女の悲鳴が聞こえてきた。それは金さんの一番妻と二番妻の争いのようであった。翌日やってきた一番妻は、顔中が引っ掻き傷で青黒くはれていた。髪もむしられたようで、額の右上に一銭銅貨の大きさほど毛が薄れて血がにじんでいた。

「オーチェスウムニカ（どうしたの）」

奈美が驚いて聞いた。一番妻は何でもないと答えてから、思い出したように、二番妻が自分の子供の世話をしてくれないのだ、と不満そうに云う。奈美が気の毒に思って、クニヤを連れてくればいいと云うと、亭主に叱られるからできないと云って、ナムシン（木靴）をカラコロ鳴らしながら、そそくさと井戸の方へ行った。

奈美が明子にやる度に、おやつの菓子を少しばかり一番妻に分けてあげると、

「奥さん、シンムン（新聞）チヨッコン（少し）ジュシオ（授為―下さい）」

と云って、奈美がちり紙を差し出すと、それで菓子を包んで大事そうに懐にしまいこんだ。きっとクニヤにやるのであろう。

奈美は気分が良いと朝鮮語を習ったり、朝鮮漬の漬け方などを習った。奈美がお礼にと

云って「金色夜叉」の歌を教えると云って歌い出すと、

「あ、あ、あぁ」

と大仰な身ぶりで、自分も知っているといい自分で歌いだした。

テドガミヨ　プウビョンゴン　サンプ　ハンノンゴ

イスイルガ　シンスン　ヤギニルダ

オクスルノンジョン　ハンノンゴ　オノルプニラ

ポボンヘギ　サンプハンノンゴ　オノルプニラ

一番妻は大きな身体を、ゆさゆさと揺すりながら朝鮮語で歌った。善次郎は大喜びで、一番妻と一緒になって楽しそうに歌っていた。

阿部定事件のあった五月十八日も、奈美は具合が悪くて寝込んでいたので、新聞もろくに読まなかった。鶏はあまり面倒を見られなかったので、病死したりで百羽近くに減ってしまっていたが、一日平均六十個の卵が採れた。このうちから四十個は銀杏屋に持って行って、売上げ金は田圃の支払いに充てていた。

六月に入って雨が降り続いた。川下の方では、田が水浸しになって騒ぎになったが、小作人の柳さんは、自分の所は大丈夫だから、とわざわざ報告に来た。そんな柳さんに、奈美は砂糖を一斤持たせて帰した。

今年は花の頃に寒く実付きが悪かったので杏が不作であった。稲も不作にならなければよいがと奈美は念じていた。というのも、今年は善次郎が、餅を自分の田で出来た餅米で搗きたいと云って、餅米の種を見つけてきて、一反歩は餅米を作っていたからである。柳さんも、そのことで田のことを気にしていたのである。

七月十二日に東京代々木刑務所で、二・二六事件の被告十五人の兵士が、銃殺刑に処せられたという新聞記事を読んで、奈美は一日中不快でならなかった。同じ日本人同士が殺し合ったということが、奈美には胸を刺されるほどに切なかった。

大陸に進出しなければ日本経済は立ち行かない。それをすぐに好転させようという急進的な考えは、若気の至りであろうが、未熟者が陸軍という巨大な怪物に惑わされて、自分の力を過信したところに、この悲惨な事件の一因があるようである。飢に耐えてきた奈美には、これら若人がもう少し耐えてくれたら、と思わずにはいられなかった。

夏も過ぎて九月に入ると、奈美の身体もやっとしゃんとして来た。ニンニクを食べ続けたことがよかったのかもしれないと思った。心配された稲は減収もなく、もち米も土地に合ったのかよく実り、善次郎も鼻高々であった。柳さんも初めてもち米を作ってみたが、成功してよかったと満足顔であった。

このように凶年と思われたこの一年も、秋にやっと明るくなったと思われたが、十月の下旬になると、善次郎は自分の部屋に引っ込んだまま、あまり出てこなくなって、奈美を心配させた。

奈美は三度の食事をお盆に載せて善次郎の部屋まで運んだ。初めて穫れたもち米で正月を待ちきれずに新田が臼で餅を搗いた。善次郎は溶けるようになった雑煮の餅を少し食べただけであった。

「こりゃ、よく伸びる。伸びすぎだ。少し粳を混ぜたほうがいいぞ」

そう云って目を細めた。自分が選定して来た籾種が良いということに満足していた。奈美は、餅をアラレのように小さく切って、善次郎のために小鍋で別に煮てあげた。鶏も一羽つぶしたので、奈美一家には、一足早い正月気分が満ちていた。

ところが、十一月初旬のある夜十一時すぎになって、

「くんばんわ、奈美や…」

と云って奈美の寝ている部屋に、突然善次郎がやって来た。

「政義は元気か。おお、眠っていたのか。そうそう、トヨはどこへ行った…」

「えっ…」

奈美はびっくりして飛び起きた。新田もあわてて起きて、奈美と顔を見合わせた。奈美は急に顔から血の気が引くのを覚えた。

「おっとさん。どうかしたのっ…」

「ああ奈美か、トヨはどこかな。トヨがいない…」

「おっとさん、何を云っているのっ。おっかさんは、とっくに死んだのよっ。ボケちゃったのかね」

奈美は手が震えて来るのを、どうしようもなかった。父親のボケなど、考えたこともなかったからであり、人の避けることのできない宿命が、おののきの中に体現された。

「ボケ。ボケちゃいない。馬鹿にするんじゃないぞ」

善次郎は、奈美の大声に気を取り直したかのようにシャンとして、ドッカと布団の上に座り込んだ。そして二時すぎまで、あれやこれや昔話をして、まだ名残惜しいような素振りを見せながら、自分の部屋にヒョコヒョコと背を丸めて戻って行った。

その後、善次郎はたびたび奈美の部屋に、暇さえ有ればヒョッコリとやって来るようになった。六時ごろに来て政義をあやしたりして、

「わしと六十も違うのかい。ああ、このぼんさんは、いい手相をしていなさる。出世しますよ…」

などと云っているかと思うと、何かに追われでもしたようにして、いそいそと自分の部屋へ帰ってしまう。一時間ほどもすると再び顔を出して、また何かに追われたような素振りで

自分の部屋に帰っていく。宵のうちはともかく、これから寝ようかという時に来られるのが二人にとっては、とても辛かった。それに、いつ来るともなく不意に来て戸を開けることが、新田をいらいらさせていた。

「何とかできないかなぁ…」

ついに新田は音をあげた。一時すぎて、もう大丈夫だろう、と思っていても、つい物音に聞き耳を立ててしまう。新田はすっかりノイローゼになってしまった。

奈美は迷惑と思っていても、老い先の短い善次郎に、来てくれるな、とも云えないし、仮に云えたとしても、もう善次郎に正常な判断ができるとは思われなかった。あの頑固一徹であった善次郎の面影は微塵も見えなくなった。奈美は悲しいというありきたりの感情は湧かなかった。それよりも現実として、善次郎の正気と狂気の間をさまよう姿は、ただ哀れであり、恐ろしくもあった。

そうこうしているうちに、十一月下旬の或る朝、奈美が朝飯を持っていくと、善次郎はお腹が少し痛いからクレオソトをくれ、と云う。医者を呼ぼうかと聞くと、

「晩は痛かったが、もうそれほどでもなくなったから、用心のために薬を飲んでおくから、医者はいらない」

と何時になくはっきりと云うので、奈美は安心していた。十時ごろから、奈美は庭に出て

洗濯をしていたが、十一時近くになって、

「奈美っ、奈美ぃ」

と善次郎の呼ぶ声を聞いたように思えて、奈美は洗濯の手を止めて耳を澄ましたが、何も聞こえなかった。聞き違いだ、と思って、そのまま洗濯を続けていた。

間もなくして、奈美は、急に善次郎の事が気になり始めた。と、洗濯板の上に善次郎の顔がはっきりと浮き上ってきて、それがニッコリと笑うと、

「奈美、達者でな…」

と云って消えてしまった。電撃を受けたように驚いた奈美は、飛ぶようにして縁側からかけ上り、善次郎の部屋に入って見ると、善次郎は布団の中でスヤスヤと眠っていた。

「おっとさん…」

声をかけたが、気づかずに眠っている。ホッとして、

「おっとさん…」

二度呼んだとき、奈美の顔がこわばった。

「おっとさん、おっとさん…」

気が狂ったように大声で叫んで、奈美は善次郎の体を強く揺すった。しかし奈美の声だけが、空しく戸外へと消えていった。

折から南門の正午を告げる鐘が鳴り出した。奈美はあまりの緊張のためか、涙は出なかった。ただガタガタと続く体の震えを、どうすることもできなかった。予測していたことでありながら、こんなに早く突然に、人間の死がやって来ることは予測できなかった。

善次郎は静かな微笑みを湛えて、昭和十一年十一月二十三日、植民地朝鮮全羅北道全州府本町四丁目で、波乱に富んだ人生を終え、永遠の眠りについていた。

善次郎の葬儀は、南門の近くの西本願寺で盛大に行われた。昔から顔見知りであった知事をはじめ、道庁、府の新田関係の役人、善次郎の知故建築業者が多数参列した。花輪は長い列を作った。満洲国奉天市から小部と美代も飛んできた。麗水から大木夫妻も駆けつけた。一介の大工という身分としては、身に余る盛大な葬儀であった。日本の朝鮮植民地化の尖兵となって渡鮮して三十余年、その植民地政策と共に生き、日本人のための家造りをして街造りに尽し、遂に朝鮮の土と化した。

善次郎のその家造り、街造りには、後から渡って来た多くの人々が、多かれ少なかれ世話になっていた事が、善次郎の死によって、その参列者の顔ぶれから奈美にわかった。

奈美は、自分が初めて全州に来た頃からの、様々な想い出が、全て善次郎に数珠玉のように繋がった。奈美にとっては、身近にいながら、最期の言葉をかけられなかったことが、かえすがえすも残念でならなかった。

医師の診断書は胃潰瘍となっていた。そんな病気になっていようなどとは、奈美は想像もできなかったが、もう少し気をつけて、医師のところに通わせるのであったという思いが、何時までも奈美の心を苛むのであった。

「今年は凶年だぞ」

正月に云った善次郎の言葉が、奈美の耳奥から、何時までも離れなかった。夜になると、

「くんばんわ」

と云って善次郎が、ひょっこりと部屋に入って来そうな錯覚から、奈美は何時までも解放されなかった。

完

あとがき―その後の奈美

この後十年にわたって奈美は苦難の日々を迎えることになります。

昭和十一年十一月二十五日に、「日独防共協定」が成立しました。これは新聞によると「共産インター防衛」のためです。

昭和十二年、七月七日には「盧溝橋事件」が勃発し、戦争に巻き込まれて行きます。八月三十一日に上海の日本軍が襲撃され、それを追撃する中支那方面軍は、首都南京に迫り、十二月十日、「南京陥落」の報が新聞紙面を埋め尽くし、日本は旗行列までして祝ったのです。

昭和十三年三月二十五日に「国家総動員法」が成立し、戦時色が強くなりました。六月に次女豊子が生れました。昭和十四年九月四日の新聞は「英仏、対独宣戦を布告」とし、欧州大動乱が始まり、日本は静観していましたが、昭和十五年九月二十八日の新聞は、「日独伊三国同盟」を伝えています。

昭和十六年三月三十一日に、お米の配給量が成人一人二合三勺に減配と決定されました。

昭和十六年八月、奈美は次男勝治を生みましたが、十二月八日、日本政府は米英に宣戦布告をし、太平洋戦争に突入し、奈美の生活は一変することになります。昭和十七年一月二十日から、「衣料切符」がなければ衣類が買えなくなり、二月十六日に「シンガポール陥落」と新聞は大々的に報じましたが、四月に入学する政義の鞄も売っておらず、新田がトランクをつぶして手作りした鞄を政義は背負って全州公立国民学校に入学しました。

昭和十八年五月二十一日には「連合艦隊司令長官山本五十六大将」の塔乗機が米機に撃墜され敗戦を予感させています。

昭和十九年十月二十九日には「神風特攻」の記事が新聞に載り、世界中を震撼させました。この年、奈美の田んぼから採れるお米は、その場で供出させられて、奈美のところには一粒のお米も入りませんでした。

昭和二十年三月十日〇時過ぎ、米機B29約三百機が東京を無差別爆撃し、一夜の死者十万人以上、罹災者百万人以上。空襲は四月十三日、十五日、五月二十日と続き、東京は焼け野が原になりました。

五月には、全州でもロッキードP38に鐘紡の空地に爆弾が投下され、全州駅が機銃掃射されました。この正月に、満洲の奉天にいた小部から、設計のできる人がいないので来てくれないかと頼まれていましたが、満洲の渡航が禁止になっていました。満洲までは行きたくないと思っていた新田は、麗水の鹿島組の誘いで道庁を辞め、七月二十八日に麗水へ行くための荷造りを始め、奈美が駅に切符を買いに行って、満洲にはいけないのですか、と聞いて見ると行けるという返事でした。これが運命の別れ道で、急遽荷物の荷札を書き変えて、二十九日に奈美一家六人は満洲へ旅立ちました。そして八月十五日、全州から送った荷物も届かないのに敗戦を迎え、ソ連軍の侵略、満洲人の大暴動、毎日死人の出る収容所生活を経て、昭和二十一年十月二十二日、博多に引揚船となった栄光の駆逐艦ユキカゼで引揚げて来ました。小部と美代は満洲の土となりました。

新田は、故郷に引揚げ設計事務所を設立しましたが、五十二の若さで他界し、残された六人の子とともに奈美は再び苦難を迎え、豊子、勝治に先立たれましたが、東京オリンピック、大阪万博を観、五十年ぶりに出雲に里帰りを果し、東京で明るく百歳の天寿を全うしました。この奈美の苦難はそのまま日本人の苦難であり、奈美の晩年の安息は、多数の戦争犠牲者の上に得られたものです。

著者略歴

里見　正文（さとみ・まさふみ）

古代学研究家、二科東京支部同人 洋画家。

■論文等

「絹衣を着た神武天皇」（昭和41年2月11日読売新聞文化欄）
「日本古代織物史序説」（昭和41年4月10日被服文化）
「邪馬壹国は近畿地方全域」（平成1年週刊読売）
その他「絣と紬」、「キモノ風土記」等の論文を多数発表。

■著作

『墓標なき凍野』(昭和60年11月20日発行：六興出版)
『驚愕の卑弥呼の死因』（令和2年4月9日発行：風詠社）

遙かなる湖南（こなん）平野

2020年10月10日　第1刷発行

著　者　里見正文
発行人　大杉　剛
発行所　株式会社 風詠社
〒553-0001　大阪市福島区海老江5-2-2
大拓ビル5-7階
Tel 06（6136）8657　https://fueisha.com/
発売元　株式会社 星雲社
（共同出版社・流通責任出版社）
〒112-0005　東京都文京区水道1-3-30
Tel 03（3868）3275
装幀　2DAY
印刷・製本　シナノ印刷株式会社

ISBN978-4-434-28073-3 C0093